深い穴は　そのまま　少しも減ってゆくところがなかった
私は
憤りのようなものと
感謝の念とを
同時に感じてもいたようであった
ここに　何かが埋まっているのか
[illegible]　掘り出されたあとなのか
[illegible]定かではなく
[illegible]　新たな土を
[illegible]から都合して来ようかとも
[illegible]れることだった

現代詩文庫　204

思潮社

日和聡子詩集・目次

詩集〈びるま〉全篇

詩集〈唐子木〉全篇

詩集〈虚仮の一念〉全篇

装幀・菊地信義

詩篇

詩集〈びるま〉全篇

亀待ち

八時までに亀は帰つて来ますよ
そうのんさんに言われて
待つていた

のんさんは庭で花に水をやつていた
わたしは縁側で出された電話帳を繰つていた
水はわたしの足元まで這つて来た
洗濯物を取り込むのんさんの背中に
小さな影がついていた
じつと眼を凝らしていたら
振り返つたのんさんが微笑つた
亀は八時までに帰つて来ると
確かにそうのんさんは言つたのだが

しかしのんさんはいつこうに晩飯の仕度もせず
わたしと縁側でビールを呑んでばかりいる

不安の種は何もないのか
おまえは帰ると言つて
帰らなくても一向に悪ではない定義持ちだから
朝になつたらきつとのんさんは
縮んでいる

撥水

水色のくまが発見されて
夕方のTVに映つた
もうくまは来ないかもしれない
私にしか見えないかもしれない
何てことは
ほとんどの場合ありえず

そのくまも
例外ではなかつたというわけで
私は台所に立ち
包丁を持つたまま　まな板を叩いた
カカカカカ
切るものが何もないまな板の上で
きざんだものは
何だつたか

飼綱

兄が浦亀使いとなつて
八年が過ぎたが
いまでも
講習には時々通つているという
本白さんの宅から
いまでも通つているという

（ヌケヌケヌケヌケヌケー）

本白さんのことは
いまではあまり口にしない
おたがい　よそうじゃないか
浦亀使いになつてから
兄は
一辺二十五センチメートルの
黄色い三角帽をかぶつて出掛ける
毎日
本白さんが折つている

手裏剣　たとう　帆掛船
本白さんの折手が
兄の素頭を撫でるのが
夕暮れの電波に乗つて
這つている

おたがいに　よそうや

仮にもしそうだとして
浦亀使いの兄を持つた妹は
それをどうしていいのやら
電柱にとまる人を
見上げている

駐在

征夷大将軍に選ばれて
大いばりで家に帰つたら
聖徳太子が来ていて
だんごを食つて
帰つて行つた

案の定
定の松にて
うね子は待つていなかつた
一ヶ月後に
月へ帰ると
そういう事情の
女であつた

腹が痛いと
爺蝦蟇は言つた
仏がじようぶつできぬわ　と
団子をいくつもむつつも
食うのであつた

晴れがましいこととは
結構ではあるが有り難いこと
謹んで受けなければならぬと
そう教えられたからであつた

征夷大将軍に任ぜられて
犬歯を見せたら
首が飛んだ

投石大臣

二十日ばかり前から
ひんぱんに手紙をよこす者があり
怪しんでおつたところ
投石大臣からであつた

「非常二カ国　三千米沖に　旗立てるのは」

習いたての漢字を
自由配合であつた
「散会坂上がり　一周して投石」
うなごをつかまえたと
そんなことを
知らせてあつた

ついに家のまえのもぐらはすがたを見せなくなつた
はたけからずつともぐつて行つて
山陰合同銀行の裏の
余生荘の床下まで探してみたが
ついに手ぶらで戻つて来た

店番に戻ると
輪ゴムで髪を結わえた人が
ひたいに汗をかいて
電話をしていた
もぐらはもう
いなくなつていた

それから秋風が吹いて
二十日ばかり前まであつた
投石大臣からの手紙もとだえ
感謝して暮らしていけるのは
あとどれくらいとかぞえかぞえしている
双山の惣領へ飲料をはこび
その手筋を触つて
逃げて帰る

野辺

ゆるやかな陽射しであつた。
白と
紫の
雲のような
煙を
皆で送る
夕暮れであつた。

一つ石の下に
皆が集まつて
但し寝返りは打たない。
その中にはおそらく
いまだ寝返りを打つたことのない
赤い肉塊も含まれており
それをふいに知ることとなつて
皆でしばし
難儀をした。

狭室

背後ろに羽音を聞き
振り返ると
橙色の電球が光つていた
その脇の壁に
蠅は止まつていた

蠅は断続的に飛ぶのであつた
そして少しずつ位置をずらし
当たり前のように
また止まるのだつた

私は狭室にて坐している
少し動いては
とまり
目の前の壁を見ている

ものを食う者も食わなくなつた者も

すべてなれの果てはここであるのか
面白くもない話を一人でして
一人で笑うようなこととは
無縁であるに越したことはないのだ

そんなことを考えていたのであつたか
狭室にて一人じつと坐し
背後ろに蠅が止まつている

散球

サツカリンをなめて
宙に浮いた話をきいた
「あたしやペルシア猫かい」
と言つている友が
それを真似して
宙に浮いた

「天井に頭ぶつけますわい」
へんな言葉になつて　浮いていた
土間にまで下りて話をきくと
もう一度梅が食いたい
そう言うのであつた

畦道に音はなく
遠方で小宴を設ける気配が
かすかに毛穴の先から
しみこんでくるようであつた

口笛を吹きかけてやめ
真夜中を徘徊する友に
月光をすこし反射させてから
吊り橋に掛かつた
球の火を消した

犬師

山吹のコートを着た
三百年生きた犬師に出会つた。
「自分を引き取りに行く」
犬師はこう言つた

本如の滝。
白札が立つていて
ここから飛び降りるのだと
犬師は言つた。
本気の眼をして
しかしよれた帽子で隠れた

「三回だけ息つぎするが」
そのあとは言わなかつた。
大政奉還のときには
昼寝をしておつたよ
そう教えて

会議室のうらから
蟻道を下りて行つた。

儚いのは
有るものだけよ

そう言つて
なくなつた

何曜

野球を見に行つた帰り
ふなばたさんが
わたしにきすをした
わたしは黙つて
そのままに受けた

はえぬきの新人が

残さず　余さず
ふなばたさんのきすを受けるのだよ。
新人であつたころの
むくろさんも
受けたのであろうか

かんじんかなめの
行方不明になつたよそゆきのドレスが
クリーニング屋さんの二階に吊されておるのを
知るはそのドレスのみで
わたしは
二度目のきすを受けることなく
風呂場のすみで
しやがんでいる

午宴

私が謝るか
あなたが謝るか
どちらかに一つなのだが
どちらも謝らないで済む方法を
二人して考えていたようなものなのだ

今日のひる
水色のくまがやつて来て
どこから来たと尋ねると
あつちの山の方だと指さす
ほうほう　と見ている
上がるかと訊くと　うなづく
そうめんを出して　二人で食べていたのだ
あなたが帰つて来るまで

昔住んでいた穴のことを話す
電気はなく　火もなかつた
雪の日は　雪に埋まる
晴れの日は　あまりなかつた

ああ　もらつた桃が棚にあるんだつた
風呂から上がつたら皮むいて食べましょう

どつちかが謝るしかないのだが
どちらもいいんけんで
ごうよくなものだから
昼に水色のくまが来たからとて
何の障りが
あるというのだ

日談

牧野さんが家にいらつしやつた時
家の人は　畳で寝ていましたの。
顔に跡がついていましたのを
牧野さんに見つけられて
いわし食べながら、
しきりと手で撫でて、

いやあ、いやあ、
とわけもなくいつていましたの。
おちよこでビール
なんておかしなことばつかりいつて
それで喜んでいるような人なのです。

以上
五年前の日記。
不気味です。

それはわたしなのでしようが
そしてあの人だつたのでしようが
そのあいだの空間というものが
どこへあつたものだつたやら
わけのわからないものになつてしまつた。

それが二年前。
いまここにあるのは
誰なんでせうね。

おもちかえりの匙

へんたいかなもじで
お手紙を書きましたの
あなたへよ
くすす

「きのう　ごえもんぶろへはいりました
よいゆかげんでございました
あなたはおはいりにはなりませんですか
さよなら」

ほんとうによいゆかげんでしたのを
あなたがおのみにならないのは
ざんねんでなりませんのを
どうにかこらえて
ふとんで寝ました。

さよなら

戒事

はつきりさんが
「はつきり　はつきり」
と私に迫る
「難しいんです」
私は言うが
はつきりさんは
昼寝している

公開所の前で
昼飯の待ち合わせをしていたら
はつきりさんがやつて来て
「はつきり　はつきり」
迫つて来た

うるさいなあ
私は口には出さず
しかしはつきりさんは

さらに
「はつきり　はつきり」
迫るのだつた

「まいつたよ」
家に帰つてそう話すと
はつきりさんがタンスから出て来て
私の目の前で
恋人にキスをした

水色

あなたが帰つて来るとわかつていたら
ひやむぎでもゆでて待つているところでしたのに
もう水色のくまは帰つてしまつた

あなたが帰つて来ると知つていたなら
あの夏布団も干しておいたのに

あの水色のくまは
何にも言わなかつた
わたし訊こうかどうしようか迷つたのだけれど
もう耳が片方ちぎれていて
水一杯飲むのに　えらく時間かかつて

くまが坐つていたところには
しばらくの間影が残つていてね
わたしどうしようかと思つたのだけれど
影と　いたのよ
夕暮れるまでずつと

あなたが帰つて来るとわかつていたらね

でももう捨ててしまつた
のびきつたザルの中のひやむぎ

墓見

墓見師に連れられて
イナダ山に墓を見に行く

先月の終わりから
たたみ込むようにはたらきかけてくる人に
ついにわたしは
たたみ込まれてしまつた
まつたくふほんいながら
たたみ込まれてしまつた

墓見師は
小学生時代の同級の
ひさびし君であり
彼はとてもしんせつに
わたしの腰に巻いたさなだひもを
ひつぱりひつぱりしては
坂道を登つて行つた

「ふさぎたくないならば
　ふさがなくてもよいもの
　これなあに」

誰が言つているのか知らないが
近頃こんななぞなぞばかりがつきまとう
耳、と言い捨てて
足早に山を駆け下りると
白くぼうとなつた後ろの山が
黒い塊となつて
目の前に坐つた

割盃

田舎の割烹料理屋に
いわひさんと入つたら
酔つぱらつたいわひさんが

私の乳に触れた
触れたまんまで
酒を飲んだ
私の盃にも注いでくれて
それをまたいわひさんが飲んだ

かわいそうなひと
私をなにかと
間違えているのだ

私は乳を触れられたまんま
いわひさんの脳天を見ては
そう思つた

売道

萩焼のサメを売りに
田舎侍の家を訪ねた。
土間に猫猿が這つていた。

「新宿と言ふところから来たです」
私が申すと
「御苦労っす」
といかめし顔で言うのであつた
「買ひませぬか」
と申すと
「ううむむ」
といねむり顔であつた。

適当に生えた道を歩くと
やがて猫猿村が見えてきて
ふと振り返ると
さつきの田舎侍家の猫猿らしきが
伸びきつてあくびしてゐる

「おまへはさつきの」

私が申すと
「ふふおお」
とだけあくびしてゐる

私は猫猿村をよして
別に道を生やかして
そつちの方へ
よじれて行つた

廃白

白いビルの壁にはめ込まれた巨人形が
さかんに首手を動かしている

電車と平行に建つた廃屋の二階で
眼帯をした男が
玉突をしている

席が空き座すと
脇に誰かが傘を置き忘れている

向かいに座る若夫婦は
梱包された段ボール箱を膝に置いている

眼帯をした男が
廃屋の二階で玉突をしているのを
平行に走る電車の中から
眼帯をした女が
睨んで過ぎた

鉄織

東京府エバラ郡淀橋つのはづ127
新宿駅裏の
甲州街道口
旧国鉄寮。

そこにしばらく住んでおつた

六本木。
大島紬
久留米絣仕立てて
こつちへ帰つてからも
何十年　着た

机も　布団も
最後は皆人にやつた
もう何も
残留品はない

けんじは
三十才のときの子
結婚は
二十八才の頃。

西日本新聞で記者をやつておつたのは
わずかの間であつた

緑なす黒髪の頃であつた

平家讃歌

県立大田高等学校の
三階にある音楽準備室から
平家讃歌が聞こえて来る

「まあ　おちぶれもするわな」
開き戸みたいになつた
楽器保管棚の前で
後川先生が
私に言つた
「おまえとおちぶれもするわな」

前髪が何本か抜け落ち

蝦蟇が地下で溶けはじめる頃
菊刀を脇差した亡霊が
闇柳の下で　泳ぎまくる
「おまえとおちぶれもするわな」
待ち合わせをした
古井戸の縁で
井戸底覗き込むものがあり
届かない刀差し入れ
いつまでも
空洞かき回しているのであつた

どこまでもどこまでも
落ち延びて行くつもりであつた
番号―七七〇億千万
仁万屋の後ろから現れる
そのひらひらした手つきに
喉笛を斬らせて
したたる鈍色の血痕たどりながら
ふと聞こえ出す平家讃歌に
くるくる舞い踊りつつ
もつとつよく
だみ声を枯らして
がなり続けた

緑鳩裁判

「今朝とれた緑鳩」
紙を貼られた段ボール箱が
ドアの外に置かれていた。

あしたばさんの回転により
著しく毛の生え落ちた孔雀蝶が
夜な夜な枕元に訪れては
恨み言を吐くのだつた。

「ぞくならいそん　でんきないら」

聞こえた言葉は
みな翌朝の置き場に
捨てに行くのが習いであつた
白い犬頭が
鉄策の隙間を漂う
空を眺めている

「次元　蓬頭。
　一切合切　不倒翁」

後をついてくる
注文してはいないはずの緑鳩が
席横の窓際で
居眠りをしている

しよつそー　しよつそー

一通り告げ終え
そこいらを徘徊した緑鳩は
昼休みには
もう溶けており
流し込んだ硯を割りに
一人
裏庭へ回る

猿投会参夜

猿投げの会に誘われたもので
一度　行つてみようと
そういうはなしになつた。

九月の大猿会の折には、
くなが会長という人が
長袖長ずぼんでがんばつた。
立派なお姿であつたと
そう会誌に書いてあつた。

にわかに掻き曇つた空が
猿産みたちを喜ばし
橙色の腹時計が
宙に浮かんで
逃げまくる。

次回の猿投げの会までには
猿を百匹産んで来るようにと
帰り際　口を酸つぱくして言われたが
どのようにすると
そのように出来るのか
夕食の食卓で
額をくつつけ合わせんばかりに
相談している

赤箱

公衆電話を待つていたら
向こうから
逆立ちした男が
歩いて来た

手であるくのは楽ではないの
そういつた声が
電話箱の中からはみ出して来た
さて
と気付くと
箱の中にはたれもいない

夕食にかぶらを買つて帰り
あわてて郵便を箱に入れ直し
ついでにさかのぼつて
煙草を買いに千鳥つた

愛想無しの電話箱の脇に
逆立ちの男が
確かに逆立つていたと

その証拠がどうにかないものかと
探していた

戊辰種

百年経つたら
侍も若衆も皆
乱暴らうぜき働いて
ちやぶ台で　飯を食ふのだ
望遠鏡を右手に
写真に映るのだ

私はただただ
戊辰戦争にとられた駒を待つておるのだ
頭に椿を飾つて待つておるので
すぐに帰つて来たら
おいしいほうびを
屹度

やります

連休

平成十年十一月某日。

連休三日目の午後
都内某所における
早朝の脱魂によつて
けだるさを見抜かれ
道端に現れた
土竜に引かれた

「じやもいそんは　ひめそんだけらに」

連呼する
土竜のかたちに見覚えがあるのは
最後の晩に

背広姿で蟻をポケットからばらまく
その背後に出没する姿を
確かにどこかで
見た気がするのだ

黄色い鉢巻をして
球技を眺めている
その左肩の渦巻に
しばしば巻き搦め捕られては
そのたびに深く
沈み込まされるのであつた

身体は　どん　ぐん
知らぬ穴の中へ引きずられて
いつでもそこを
抜け出せる用意は
しているつもりで
あつたに過ぎず
うそこおろぎが鳴きはじめるのを
耳に差しつつ
もぐれていつた

飴夕

糞をしすぎて困りますので
そこに転がつておるひさず君を
どこかあちらの方へ
やつて呉れませんか

夕暮れ時ならひさびさにパイを食へばいひのだ
一生懸命おはじきをしておるのは誰だ
短い杖なら腰を折つて使へばいひのだ
何でもかでも
すぐに困つてしまふのは
悪い星めぐりの合はせ鏡だ
お菓子をいただいたのでこつちへいらつしやい

糞をしすぎだからおまへは少し辛棒なさい

畳灘

家全体にまわつた煙が
柱天井を黒く　いぶすのであつた

竹刀を買つて来て
それを振り回すのであつたが
振り落とせないものがあり
それは何であつたか

途中にある公園にて
青色の剝げたすべり台があり
靴跡のついた　銀の版をのぞき込んでみたが
映つているのは　靴跡であつた

亀のことなら何でも知つている

豪語する店に立ち寄つてみたが
扉のところに　紙が一枚貼つてあり
「何にもわからなくなり申した」
そんなら　というんで
帰つた

その晩
アジの焼いたのを食べた
布団は冷たかつた

† †

最後に聞いた話は
このようなことであつた。

櫂摺

本宅から歩いて十五分のところに

廣水さんは住んでおり
井戸の底のなまずの言葉を
掻き口説いて聞かせるのだつた

わたしはすつかり忘れて
日々を過ごしているのであつた
なかに何かがあると思い過ごしていたのは
そう思つてばかり居過ごしたからであつた
すつかり忘れてしまえば
そこには何もないのであつた

肘枕。
それしか方法はないのだつた
高瀬舟を引つ張つて来ると
廣水さんはそう言い残して
黄色い公園の中を
突つ切つて行つた

花園

あなたがおつしやつてゐた花園の件ですが
あれはもうきつと　だめでせうね
あなた　お泣きになるかしら?
ほほ　それはお可哀想に

いいんです　いいんです
そんならあつさりと
むかしに戻つて呉れた方が
ありがたいんです

とんぼ飛んで　夕暮れ
出会うずつとずうつと前に
ふたりでゐたところを　思い出せます

鳩家

足場の悪い湿地に
どうしてY之介は家なぞ建てたのか
彼を知る者たちは
皆
何ぞ訳ありなのだろうと考えた

Y之介の一周忌が終わって
奈良漬けがうまく漬かつた頃に
電信柱に鳩が止まつて
おもしろくなさげに
鳩らしく鳴いた

自害谷行キ

紅葉生い繁る
あかい谷である。

難儀〳〵しつつ
こちら側
白い車で
通り過ぎ越すつもりである。

上川戸。
敷き居並ぶ田んぼの中を
うさご居らぬか　眼凝らしつつ
背台に乗せた打ビール運び旁々
一言　二言
言葉らしき落としながら
こちら側
巧く過ぎ越すつもりである。

（アノヒミツヲクチニスルワケニハイカヌ）

車止めた家屋近くの
古神社の古井戸である。
覗き込む烏は居らぬ

沫水の涌いた証は
谷底に染みる
錆刀に訊くしかないのか
（ナニモナニモ
　ウツクシキコトバカリデアツタ）

紅葉散りぬれど
魂踏は行はれず
おそらく今も
ひつそりとその中に
居過ごして居ぬとも
限らぬのだ

猿走

さつき
西の山の方に
さるが
走つて行つた。

さるは
逃げて行つたのか
それとも
追つて行つたのか

さつぱりわかりもせず
二、三日経つたが
いまだとんとわからず。

過蛇

その蛇が十五年先に生まれたために
十五年後に私は生まれた
それは何か
取り返しのつかない十五年であつた。

毒牙にかかると言うことは
まさにこのようなことを言うもので
意地になつていたようなところが
確かにあつたのではないかと思うのだ。

蛇眼。
酒に澱んだ眼の底が沈んでいた。
その眼がこちらを向くたびに
宙吊りの体縄に食い込ませて行つた。

黄色い蝶が背後を飛び
流れ落ちる髪を見ている。
逃げ出したいと悶えていたのは
少しも追い掛けては来ないからであつた。

藪の中を
ただすり抜けて行くだけの蛇を
鳩尾に氷つまらせて

堅く恐れていたのは私であつた。

蛇は
途中でじつと眼を合わせてから
私の名を呼んだだけで
消えて行つた。

円背。

脊柱後湾症。

筋の切れた
太ももを
触らせたのだ。
この手をつかんで、
自分の痩せた
筋の切れた部分に
触れさせた。

（そうしてぶるぶると
　ふるわせた）

眼逸ラシ

なるべく眼などは逸らすやうにするのがよいのだ
なるべく何も見ないやうにして歩くのがよいのだ
あちこち見なくて済むやうにして歩くのが
すなわちそれに越したことはないのだ

そう
松ぽく先生は言つたのであつた

魚や菜つ葉などは　なるべく多く取るやうにし
肘枕と膝枕に
選択肢はあるのか　などとは決して考えず
見ないで何も知らないで済むように

そう一心にお祈りしたい気持ちで
私はこれまで生きてきたのでしょうかあなた

玉羽犀

変電所から　手紙が来て
「もうこなくてもよくなりました」。

そう言われたら
急に思い出した
いかなくてはなるまい。
壁のところに掛かつていた
半透明の合羽を取つて
はおるまえに振つたら
二十年前の蛙が出て来た
「ああここにいたのだつた」
急に思い出し
いそいでふろののこり湯につけてみたら

ひからびたちやいろの蛙が
ぷうかりとすすんだ

「ひどいですねえわすれるなんてさ」
台所にあつた黄色い巻紙に
答えを書いて置いておくと
翌週にはもうつぎのなぞを置きに来るはずの
その役目の黒髪のおかつぱの女が
来なくなつてからもう
そのやりとりのこと自体
すつかり忘れていた

玄関へ向かう途中の
ろうかのきしむ部分に
生えかかつたまんまの吾亦紅に
引つかかつて急に思い出したのは
つぎのなぞが置かれなくなつたのは
未だに答えてないからで
そのことに気付いてから

いそいで答えようと思つたが
台所に黄色い巻紙はもう
ありはしない

参籠

三日間
山の中に籠つておつた

誰が造つたのか
ささくれの立つた木枠の中で
牛枝からの手紙を
繰り返し
読み返しておつた

いちじく検診には
姿を現さなかつた
三月の末の折には

影が動く程度であつた
帰り道
買い求めた魚は死んでおつた
しんと冷えた台所の床の上に立つと
胴から真つぷたつに切つた
白くのぞく腹身からは
一滴の血すら
滲まなかつた

びるま

後ろの庭に
ふしぎな花が咲いた
名前を　知らぬ
昼にテレビで
難民が映つておつた

わたしは飯を食べ
その後で
昼寝した
夕暮れ前の買い物に
不意に出て来たサンダルを履いた
音のせぬのに
耳がつぶれる
こわれるものは　こわれてしまつた
この空は
あそこにもある

（『びるま』二〇〇一年私家版、二〇〇二年青土社刊）

詩集〈唐子木〉全篇

水灘

雨が上がりましたので
そこいらから
水もぐらが這い出して来ました。

わたしは舟倉さんを訪ねる途中であつた
信号は消え
黒く湿つた道々に
ビー玉がころころ転がつておつた
前髪がおちぬようピンで留め
そこにとんぼをとまらせて歩きました

夕暮れ前の教室で
先生は赤ペンを持つて
しゆつ　しゆつ
丸をつけています
どんなに踏み漕いでも
音のしないオルガンです

途中で水ようかんを買い
再び舟倉さんを目指しましたが
這い出した水もぐらが
わたしの肘うらによじのぼり

　ふなくらそん
　ふなくらそん
　ゐなひ
　おしまひ

一匹となく
二匹となく
よじり　よじり
すべて言うので
わたしは

用のなくなつた閉じ傘を
道窪の水たまりに突き立てては
漣を起こした

鉄俠

後髪を切ろうと
振り向きざまに鏡を見たら
ふずいさんが立つておつた

要小学校裏の枯葉落場の前で
じつと黙つて立つておつたあの時の顔のまんま
私の頭の根元から生えた
黒い曲がつた幾条の毛筋を
何の訳だか
眺めておる

お茶でも出しますよ。

夜中の三時
洗面所を出て
冷えた麦茶を出す背後で
どういう仕組みであつたか
ふずいさんは
鏡に残つた私の後髪を
切つておる

実臣

よしざね公ならとつくに帰られましたよ。

残業をしておつたら
机の下から
蓬虫が這い出して来て教えた。

「この頃は雨もたくさん降りますし
昼時には

とまとのようなものばかりが口に入りますので
何ぞ
これは夏なのではないだろうかと
考えておつた次第のようです」

私は
何度掛け替えても掛け間違えてしまう電卓
接ぎ木しても接ぎ損なう朽ち枝
色を混ぜても混ざり切らぬ泥水
そういつたものを
置き忘れたままどうやつて帰ろうかと
思案に暮れていたのであつた

「一度ならぬ二度の敗北」

牛の鳴き声がかすかに聞こえるような気がし
ビルの屋上に近い部屋の窓を開けようとするも
空に灰雲が伸びきつているのが映り
足元の蓬虫を見ると

そこにもう居ぬ

ベルトをはずし
向きを反対にしてつけなおす
それで部屋の電気を切つて
一向暗い椅子に座つている

亀存主義

白爪さんから三回目の手紙があり
「恐山から足薬まで」
妙な白い紙包みが同封され
開かないうちに
なくしてしまつた

一日中公園の土の中に潜つていた
うしろめたさに背中に跡が付き
ほじくつていたら

するめを持つて
後ッ川さんが胡座で来た

「うつつを抜かす」
へんたいかな文字で
屋敷の裏に落書きしたのは
彼であつた

「信玄が深い」
机の中に残し忘れて来たものが
あたふたと今ごろ来やがんだ
境内の鳩も
そう言つておつたよ
白宮臼さんが
そう言つておつた

梱包された亀たちが
まとまつてそこで待つているのは
嘘が嘘でなくなつたときに
一番うまい水に　浸けられて

そして
亀水になることを
いまからでもなく
とうの昔から
聞かされて知つていたことでしか
なかつたのだ

百葉

夕刻
牛鍋屋にて
佐島と落ち合う

暮れから便りが途絶え
もだえもだえしておつた
厳島神社がいかに朱かろうと
ここにおつては
何も見えぬ

牛鍋はすぐに運ばれて来た
空のコップに注いで呉れたのは
二十二、三の
青狐女であつた。

君
骨壺はね
やはり半透明のものに限るね

廃小学校の百葉箱。
鎧戸の隙間から
幾度も文を差し入れる。
三階の窓から垂れ下がる
縄梯子に幾度手を掛けようとも
用の済んだ衣紋掛けに
袖を通すのと
似たようなことであるのだ

凹んだまま戻らぬ座布団
盃に僅かに残つておる酒がぬるい
わたしはしばらくそれを眺めておりながら
牛鍋の黒い縁があつたあたりを
つつく箸を見る

嘘山

嘘山が崩れるというので
四条さんと見物に出掛けた

七時五十二分の鉄道に乗り
朝弁を食う
「よく生きていましたね」
「ええ　まあ」
ずつと気になつていたことには
四条さんの傍らに
薄黒い小影が

座つて居る

隧道がちな軌道ではあつた
傍影は黒窓には映つておらぬ
人参をよけて
四条さんは弁当の蓋を閉じた
私は黙つて窓と影を見比べるのであつた

石川五右衛門の話なぞする。
彼に刀を都合したのは、
意外にも四条、彼であつた
「角一という研ギ師が
　毎夜　台所にて研いでおつた」。
私は何故か石川へ持つておつた感情を告白した
四条さんは私の眼を見つめ
あつ、と言つた。

たつた今
嘘山が崩れたそうである。

枕墓

山臥の化石が見つかり
行脚しつつ　眺めておつた

丑寅の方角に
一日三千米駆ける馬在りと聞く
実に校庭十五周である
大きさは　掌大
いなげな花咲かす

うかつなことであつた
恐ろしげなるふんどしはかま
被いて辻まで駆けつたことであつた
道々に朱い酸漿
落ち散らばつておる
踏みしめて　数々の　種々
草鞋裏に埋め込み埋め込み
ここまで来越してしもうておる

地下に沈まつておる御団子
紅くきしんで　うずくまりおる

豆を播いて
播いた豆を食ふ
その繰り返し　延々繰り返すうち
頭上
枕石　戴いておる

枯鐘

いつそ本当のことを言わん人だ
臥枝さんにそう言われ
境内の鐘を鳴らしに進んだ
数色が褪せた鐘紐がちぎれている
賽銭は入つておるのか　おらぬのか

朽ち木枠の隙を覗くと
枯葉の下に　何かが動く
　すから　すから

去ろうとした柱に
油証文の跡が残つておる
「てつたぬきしんぜます」
はらにへそのある円いもの
横たわつておる脇絵添えられておる

私はもうすつかりわすれてしまつておるのであつた
炭酸水が喉にしみ入る様や
しなければならないはずのことなどはみな
一体どこへ行つてしまつておるものなのか
何も音のしない境内では
只眼をあいているだけである

美しヶ島　という地名を

臥枝さんに口移されたとき
柱時計の螺子が切れ
かわりにと言つて
一晩中舞を舞い続けたのは
あれは一体　何だつたのか

わからぬ事どもは
幾幾も私に押し寄せ
只の一度も引くことはなく
くるくると知らぬ間に
舞ヒ舞ヒされては
畳敷きの上
呆としておる

嚥下侍

高校時代の教科書に載つておつた
嚥下侍を訪ねてありく

西島理髪店の主人は
歴三十年来の腕つ利きの理髪師
何ぞ知り給はぬかと尋ぬるも
よう似合う髪型にされてのみぞ　去ぬ

それでは　と
確かに朗読を行つたはずの
牛永君を訪ぬ
「消息不明」
私がもらつたものと同じ書状を
彼もまた受け取つておつた

　嚥下嚥下即是亦嚥下
　何不嚥下也
　須敢嚥下嚥下嚥下

肘方先生が
幾度幾度も復唱していたことを

何の気なしの日暮れに
思い出してしまつて
予想外の
大根を買つて帰る帰り道であつた

臘日

不確さんは
安倍晴明の頁を繰り繰り
私の眼の前で
チャイを飲みつつ

　あなたの引き出しのね
　五十三番目の丙辰
　何が入つていますか

風の無い午后である。
私は口当てをし

茶碗を取る度に
顎から外す

　雲仙普賢岳の
　岩の欠片

冬が済んだら
何が来るのか
そんなことを　予測もせず
不確さんを　只眺めるだけで居る
窓に結露
何の話も　していない

　先日　電話がありました
　あなたの――

そうですか　とも云わぬ
安倍がそんなに大事か
少しは

こつちを見い

物部

正月の元服式の帰り
石見物部神社に詣でた
鬱蒼とした林の中でかつて聞いた声が
亥の鈴を買えと言つた

声につられて私は境内を具流具流と四遍も廻つた
やがて　正面。
果たして亥ノ子の土鈴は御籤台の脇に図羅図羅と並べら
　れて寝ておつた
十三番目の亥ノ鈴が
飛び上がつて宙に鳴つた

「おいでなさつたおいでなさつたついでにまめくうてい
けまめくうていけほんに」

私は御籤をひとつ引いた

「ありえぬおこないするべしかならずむくいありおとと
　いかくしたぼうしすでになし」

私はかつて辻占売りであつた頃のことを思い出した
赤い手拭がひとつ道に落ちておる
私は誰も通らぬ辻にて一人立つておる
道に割れた煎餅の欠片踏んで
踏んづけた足裏の甲
直視しておる

月は出なかつたらしい

何も売らずに握飯を想うておる

雪酎

焼酎を
雪で割つて
牛島と酌む

　やあ　ずいぶん遠かつたろうね
　遠かつたね　やはりね

旧交温め直す
牛島は実に　七十五年ぶりの帰郷
蓬髪は黒々としたまま
眼には青光　刺し出ず

　牛見の書見台
　あれ君に返さずじまい
　　とうとう

何のことかと問う暇もなく　次の話題

　一尽織の紺絣
　行李ごと全部
　津乃目山の　腹に埋めた

牛島の黒い毛筋どもを眺めておると
時代が何のことかわからなくなりかけ
元日に参つたと云う
どこぞの神社の絵馬を
試しに額に掛けてみる

ぐひつ。
という引き音を残したなりの
突然の暇乞であつた

雪などは降つていない
降つてなどいない雪で割つた焼酎が
剝がれぬように

喉にえがらい

抜刀

納めた刀を
もう一度抜き出して
腕を斬り落としてみたのだつた

痛みのないのをいいことに
水族館や
墓参などして連休を過ごす
晩餉には
器用に肴なども作り
蔭膳と共に
飲す

昼間の事には　差し支えがない
毎夜　風呂桶の底に沈み込んでおつても

朝には乗り物に
運ばれておる

異例の吹雪の晩には
斬り落とした腕が
畳み込まれたままの布団から
もぞう　もぞう
這い出して来ては
私の頭を
幾つも叩く

ぺてい
ぺとい

座椅子の上で
垂れ頭差し出したまま
止まぬ　叩音
および
北窓の

結露垂るるを
太股に
幾幾礫　感じつつ
どうにも払い切れぬものを
もげた其の腕
空振り続く

餐宵

晩餉に草を食んでいる
栗苔の如き其の頭を
卓袱台にも憚らず
撫で回しし居る夕べ

さやいんげん　　えぞまめ
ひよこ草　　おのれ舞ヒ
町宵　　薬脳
散刀　　するめ問答

音と言うべきは
ぞすぞす
苔のめくれ戻る揺らぎ
又は
咀嚼　食み又食む擦音
きけども　きけねども
依然　気震え

赤物を口に入れる
美味しかれども
いつぞやの月に似ぬ
終わりの何処ぞにあるや
分からぬ互ひ草

兜虫
さなご
丑寅
ひらめ

唐菘《タウガラシ》を取つて下さい
橋の上で賀留多遊びをした事はもう忘れます

口にすれども尚
煮えたぎる地下の釜淵
爪先立ちにてそろ渡りたる途中
恐ろしげなる角々面々
睨み睨められつつ
此岸
もも肉食みたる顎こちらへ向かせたれば
すり寄せたる太股に
肉片食み落つ
宵ノ宵口

闇赤

停電は突然やつて来るのだつた

窓から覗くに　一帯の窓々が暗い
来てみるともう
夕立ちぬる暮れは　夜であつた

赤厨さんに　いつか聞いたことわざで
「えべれけのすけの　ふぐりざつかいぎ」
なんの意味やら
おとといの晩

相当のおもいをして
ここまで来たのだろうよさぞかし
　ふぐりざつかいぎ
　ふぐりざつかいぎ
くり返し　口中唱えれど
浮き沈みの激しい
日中穏やかならずの心境察すれば
おのずと毅然
即ち　御前
注連縄鉢巻いたる記憶のさなか

漂い歩けど
声はくぐもり

流れ途絶え
つけ放しの画面消えようとも
何とも気付かぬ輩怪出し
月は出ねども
闇居致したる

停電　および　出煙。
闇居の中で握りしめたるは
誰奴の湿り手であつたか
口ぶえまさぐれど
涸音　濡らさず

徂来　誅滅。
街灯頼みに歩く脳天に
雨粒　一滴
叩ッ落つる

宵散

戻れぬ巣穴を戻れぬが故に探す
そんなことを日没まで繰り返しておつたら
ある宵
天女から電話

如何です　此頃

私は晩餉に鮎を食っておつた
ひさかたぶりの干物ではあつたが

繰事ですねえ　拶拶しからずや

今年一番の麦茶冷えておるを一杯
天女　涼しげなる声音聞かす

ごじあい　ごじあい

急がぬ事

わたくしにも　わかり兼ねます

隣人は未だ帰宅せず
来客のあればすぐに知れり
此方は音立てず晩餉続け居り
窓を開け放ちはじむ夏のはじめなり

残り麦茶脇に差し宵町そぞろ歩けば
煌煌と明るむ洗濯場　回音渦巻く
今日の一日が何であったか
全く訳のわからぬ有様
晩餉残らずおさまりしこのどて腹
「今一」
という上目遣い先からしておるのを
知らぬ顔決めて徒然何処へ歩くや宵々

池鏡

閻魔は何が可笑しいのかこっちを見て嗤っている。

若葉に晴れた境内の森は日蔭多く
昨晩の雨に　砂利は湿っている

絞灘さんが上着を脱いだ

　非常にね　深い穴の奥の話でね

絞灘さんのシャツの背中に小虫がとまる
小虫は器用に縦縞の行間をよじのぼる
どのようにして　そのようにはがれず落ちぬのか
運歩にあわせて　上下するのに

閻魔の横には脱衣婆が目をむいていた
渡し守にて着物を剝がれるのだ
これ以上むかれてしまえば　いかにかはせむ

誰が　こんなものを作ってしまったのか
小虫は絞灘さんの首元までよじっていく

山山　肘肘　糠糠　感冒

振り向かずに言う背筋に　小虫見はぐれ
閻魔と合わす眼をふせてしまえば
他に何も見えぬことがわかっている以上
蔭の落ちた池鏡の底を
いくら覗き込んでみたところで

そんなに覗けば　もげますよ

言われて確かに見え出した
底にいくつも
頭沈めり

あまりに晴れていすぎる

次第に影が濃くなった
すくなくとも
どちらかがもげ落ちなければならぬのなら
この背後にある有利を以て
じごくの鬼になってしまうすら
否むまい

山吹

急いで
蓮根さんの
二ノ腕によじのぼり
錯覚ではないことを
確かめたい

土曜日の真昼
バスに乗り
どこまで行くのであったか

または
どこかへ帰るのであつたか
私は
窓の外を見ておつた

道脇にはえんえん田圃が広がり
ぽつ　ぽつ　と
案山子が立つておる

こく　こく

後方から聞こえ　振り向くと
一番後ろの座席に
金色の狐の子が座つておる
子は
何ぞ言いたげに
窓の外を見ては
こくりこくりしておる

こく…
こくろ　さま…

見遣ると
田圃の中に
狐が立つておる
案山子の如く
両手を広げて

私は運転席を見た
そうして合点した
乗つてしまつておるのだ
頭に山査子挿した
真緑の狐が
そのふくよかな尻尾で
空を撫でるたびに
バスが宙に浮いた

齋日

目黒不動尊の縁日にて
浦亀使ひを見る

「地毛　孟太郎」と書かれた札を卓に置き
掌に浦亀を載せている
浦亀は小さく
使ひが頭をつつくたんび
一度すくませた頭を
勇ましく
何度も天に突き上ぐ

我背には
曳灘さんが囲うように立ち
右肩上がりの日射しに
二人分の脳天を焼かれる

浦亀使ひは口上をあげず
ひたすら最後の浦亀をいとおしむ
おそらくは
やがて日没が来て
不動尊と二人きりになつても
地下がそのくるぶしに括つた糸手繰らぬうちは
たとい技尽くと云えども
往なれまい

轢日

眉毛が太くなりすぎました
刈り込まねばなるまい
そういつたまま
五十日が過ぎた

当日は雨
入谷鬼子母神の朝顔祭では
話には聞いていた

土色のぬたみずちが
社の底からわらわらと這い出して来ては
境内の縁へと　消えて行く
以前にはそこにあつたという
蛟屋はもう
廃びれていたらしい

申し合わせもせず
偶々其処に出会した曳石さんが
首のところに括つた縄を
はずし忘れているのを
いけないと思いながらも
如何にもそこへ眼を遣ってしまうのを
無理矢理下や上を向いて
そのあとをついて行くのだつた

的屋の声はなく
足音も雨音に踏み敷かれ
ぬかるむ土道に
そこだけは雨の降っていない
池に沈む幾幾礫を気にしながら
前を引きずる縄を
決して踏まぬよう
息を詰め詰め
斜めにあとをついて行くのだつた

蟪蛄日

非常ベルが止みました
鼻の高い駱駝が
眼の前を通り過ぎてゆきます

二年前の紫陽花
持ち逃げされた足の爪を剝がして
万華鏡を覗き込んでいる頃に
あなたから手紙が届きました

「一日のうちに
檸檬を八個食べる殿様に
賜つた虫眼鏡を
どこへ忘れたものか
空天気の雨に
打ちのめされた午后でした」

あなたが歩いている土道と
ここにいる畳座敷が
どのあたりから確かに繋がつているものかを
ずつと考えながら
風鈴の音をきいています

いつになつても戻らぬ投石
幾礫目かを投じておいて
足元の水際　爪先をつけるに
脳天に染む花の汁が
ふやかした寒天のように
足裏をくすぐるのが
厭なのです

水蕊

立派に咲いたばつかりにしぼんだ朝顔
しぼんだ花を摘み採つて
さあ色水にしませうね

學校へ皆を教へに行くのは少しも苦ぢやありませんでした
私は窓の外へ立ち
夕暮れの教室をのぞいてみることしばし
ゐなひ子どもが
ゐるんです

オルガンの練習をしてをりますと
後ろから肩を叩くものがあり
振り向いてみますと

その子が立つてゐるんです

そんなことも
しばしばありけり　いまそかり

今の良人は　二度目ですの
とてもやさしい人
昨日など
おもしろい顔をして
眼をぐるぐるまはして見せるんです
私が耳を引つぱつてやりましたら
いてててて、でも痛くない
さう云つて
笑つてゐるやうな人なのです

私は今朝
あの人のシャツを
染めてやらうと思ふんです

裏花

あじさい咲きますか
あじさい咲きませぬか
こつちへ手招きしても来ぬのは
どういふ風の吹き回しですのか

うしろ花咲きます
アケイさんの腹満たします
いつでも帰りが遅いのは
途中の草が
おいしいからです

くだけた氷ばらまきます
かき集めて珈琲入れます
ストロ差して出します
あなた今飲んでるのそれです

苺畳

いちご三個
きょうだい三人
分けて食べます
縦に三等分
真ん中
一番下の妹　食べてます

お兄さんは
お手玉を襖の鴨居の上に載せます
とても上手に
何度でも載せます
一番下の妹は
それをとてもうらやましがる
一番下の妹には
それが大変難しい

お姉さんは
お兄さんの妹ですけれど
一番下の妹には　お姉さんです
「イモチ病」
と書かれた細長い磁石を持っています
それは勉強机の棚に貼ってあります

辰午

たつのおとしご印の
栗まんじゆうを食べておつた

ふと庭の方を見ると
馬が来ておる

前髪を切り揃えられた馬が
手から人参を食べておる
その手の主は　と辿ると
私である

見覚えはない
背丈容姿も
脈絡がない

私は座敷でたつのおとしご印のくりまんじゆうを食べて
　おる
庭では馬が私に人参与えられておる

風鈴が鳴つた
隣家の鈴である

たつのおとしご印は
創業八十年
と書かれた栞を見ておる
確かに美味い
と見ておる

かぽつ　かぽつ

見れば馬が前脚地面を掻いておる
私の手に人参はもうない
黙つて馬の頭を見ておる

箱にたつのおとしご印の栗まんじゆうはもうない
放り投げてやるまんじゆうもなく
座敷の上の者は
蹄土擦れる音を
白い箱の底に重ねておる

出島

散財をしてしまひました。
おそらく
百足谷くんの
勘違ひではなからうか

昼に来たはがき売りには二拾圓やつた

それでも葉書くかと云えば
そんなわけでもない
じつと白面を見ておる

「扇のかたちをしておると聞きますが
　本当でしようか」
薊を届けに来た丁稚が
両眼に際立つ白目を持つて
私に訊く

此ノ頭は
大八屋の大根がいくらなのかも知らぬのだ
そうして
困つたやうな丁稚の顔を
どうしてやればいいのかも思い付かずに
波打際に居並ぶ
目閉じ仰向く野武士二人を
思い浮かべておる

夜葉葛

馳せ参じた正面玄関跡
今は滑り台が敷かれ
幾匹もの蟋蟀が
居場所を間違え
羽音を擦り出し続けるよふけ

五十音通りで言つたら
何番、及び何番に当たるかを
其れを頼りに言の葉交はす男女であつた
散り染めし木の葉の裏に
夜明けの水で溶いた
真黒き墨を以て
昏のかた　押しつく
やがて注ぎ出づ
豪流にてめくれてしまえ
生まれ　そして　育つた

牛小屋の二階の梁より
丈夫に吊し垂らした縒り綱
それに足をかけて
逸散に目指したものは
押しては揺れ戻る綱其れすらが
千切れそうにか
旋回をはじめるので
雷の突き刺さる遠道を
まぶし顔にて
迷い帰れぬ

化身

鳩尾に突き立てたままの　名も知らぬ白い花を
抜き取る方法を探す　旅に出たのです
真夜中に家中を這い廻る小さな小さな象のことを
日中　電車の中で　思いめぐらし

既に見終えた白昼夢を
大きな石のごろごろする河原を渡って知らせに来た鳳の
　化身に
如何んな御礼が出来ると云うのでしょう

かつてはれつきとした稲田であつたはずの庭に
飛び跳ね起き暮らすいなごにひざまずき
幾度呼びかけれど
戻つて来はせぬ　四方の山
忘れてなど　まだいない　否めない
避けようとも　首をもたれて辿り着く
我知らず　涙ぐむのは
稲穂の隙にのぞく
淡い綿菓子を被つた山鳩色の情景
其が為に　眼球の内圧が
あがるのです

嘘ではない　あなたにもきつとわかる
冷たく澄んだ

そして鳩尾にしみわたる
たとえ闇中を一人歩こうとも
決して枯れることはない
やわらかく湿り気をたもてば
自ずからゆるく　抜け落ちていくのではないかと

ここまでが
旅の途中なのです

唐子木

あの栗の木の節穴のところを見てゐてごらんなさい
唐子が出て来ますよ
と不条さんは云つた

　からこ？
　ええ、九人。

そう云われて見てゐることしばし
ふいと木の根元に白球の沈んでゐるのを見つけたときに
は
背中で座敷の時計が鳴つた

あんまりそんな気がしないんです
三分の昼寝が三日であつたときなどはそう思つた
栗の木の穴から唐子が九人出て来ると云われて
見てゐたら日没が来て
それがいつの日没であるかをきかされたときにも
そう思つた

あすこの家では
お産が近いんです
不条さんがそう教えた家では
軒におしめが一枚干してあつた
開け放たれた縁側座敷に人の気はなく
もうここでのお産は
済んでしまつてゐるように思われた

腰を下ろした私の頭上をかすめて行つたからすを
不条さんが睨みつけたような気がしたのは嬉しかつた
気のせいだつたようにあとから気付いて
からすのとまる木枝の下で
唇を真一文字にむすんで瞬きをせぬ訓練をしてゐる

知つてゐる道の散歩のつもりであつたが
延々たる礫道が幾重にも畳み込まれてあるので
何処ぞに辿り着いたような気もせぬまに
また唐子の木を眺めてゐる

膾吹

村のたにしがちりぢりに
行方不明になりました

私は最後のたにしを手のひらに
吸いつけさせているのがさびしくなつて
公園などを突つ切つてみても
もう　よい案などは
何ら浮かばなくなつているのが
さびしさを一層ふくらませる為
黒鍋を下げて
小蒸乃ハイツの前まで来ているのでした

私は
もう此んなことを続けていてはいけないのだと
さつきの薄空に浮かんでいる雲らなどにも
話していたばかりの　夕暮れなのでした

それなのに
ハイツの前に立ちすくみ
四階のあたりを見上げるのであつたが
既に取り壊された建物には
あの部屋などは　もうなく
せめて　屋上あたりを見ようとするこの眼が

冷たいコンクリートに寝倒れたあなたの姿を見たのです
以来
たにしの吸いつきが弱くなりましたので
いつそ　のみこんでしまおうかと　した
その手を　はたかれて
呑川に落ち流れて行つたたにしが
頑丈にも　繁殖をし続け
やがて
こうしていないたにしばかりが
増える結果となつたのです

其の責任を私に問うと云う
通告が先刻下つた。
今はもう　たにしは此処へはいないのに
村の私が連れて来た
村のたにしがちりじりに
散つてしまつて　手のひらは
冷たい地面に擦りつけ
もうない四階にあつた窓から
たにしを放り続ける男の影が
帰りの外灯の下に這いつくばつているのを見て
あなたをつよく思い出し
小虫の集まる自動販売機であつものを求めようとも
振り向けば
もう其処にいないことがわかつている以上
冷えた指先にとつたなますを
吹き帰る様なことしか
出来なかつたのです

新年譚

氏は年始に行くときれいな襟巻を首にしていた
「新調したのでね」
つやつやとした毛がたびたび口に入るらしく
氏は幾度も口元へ手を遣つては
入つた毛をつまみ出した

途中　行きつけの立ち呑み屋で一杯よばれ
その足で二人神社へ向かつた

鐘を鳴らし手を合わせる氏の姿が何かおかしかつた
後ろへいる私の方へ襟巻の顔が向いている
順番を譲る氏にかわり賽銭を投じる
その　こん、と銭の箱の縁へ当たつた音を
誰かに聞かれた気がした

それを夜半過ぎになつて思い出したのは妙であつた
一度目の酔いが醒めた
氏宅の廊下にての事だつた
不浄に立つと
こんな季節に氏宅の庭では紫陽花が咲いている
妙に思いながら用を足し終えると
帰りの廊下に　襟巻が這うている

「何処へ」

訊ねる暇もなく襟巻は庭へ下りてゆく
すつかり足も手も冷やしながらその行方を見ていると
植え込みのあたりへ這い込み
やがて　ちろ、ちろ、と小音がする

ははあ、と私は実に感心した気持ちになつた
それで先に座敷へ戻つた

頸香入

首のしわは十二本ある
背中にしよつた甲羅は
左右不対称の幾何学模様
そうして　私から見れば
脳天
そんなところに二つの鼻穴があり
四肢は　あくまでも短く
腹側は　靴跡の如し

右へ曲がつた尾先が
傾ぶく首茎を指す
その首元を胴からひねりはずし
「こう　ねり香水入れ」
と引辞氏は教えた

はじめて戴いた品であつた
知らぬ間にどこかへおいでの際の
土産品ということだつた
「何で」
「鯨骨」

はずされた首は　何度も付根へ収まり
収まつた先から　またはずされる
付根には小さな空穴があいている

「貴女に　そつくりですね　此奴」
心なしか　口元が嗤つて見えたのは気の所為か

我々の空のカップが下げられた
「そう言や　貴方へ　年賀状は出しません。
　誰にも出しません」

通りへ出て
別れる間際に引辞氏は封書を投函した
その細長過ぎる様な白い封筒には
確かに宛名がなかつた

引辞氏が首をひねつてこつちを見た
しゃッ頸に巻きついた長いものが
そのしわを見せなかつた

獅子寒

正月に獅子舞は来なかつた

併し

代わりに矢口が白犬を連れて来た
「三十箱。」
椿木に括られ　矢鱈に空吠えする犬
見れば
向こうの空に暗雲垂れ込めている
「生憎」
矢口はそうやつて空の売箱を開けて見せた
いつもなら売り切れぬ煙草の沢山詰まつているはずのところに
元旦
何も詰まつていぬ
「売切。」
平気に云つて
矢口は縁側の戸をひとつ横に開けた
そうしてその次を開けた
また次を開けた

「おい　寒いじやないか」
とうとう矢口は家中の戸と云う戸を全部開けた
「寒い正月の家だな」
云い残された声の様な塊が
かろうじて壁瓶に引つ掛かつた南天のあたりにしばらく浮かんでいた
結局
白犬は私を一度も見る事なく
再び矢口に引き連れられて坂を上つて行つた
戸を閉める者の居ない家は冷えきつている
仏壇を拝む様な事は起き抜けにしたのでもうしない
誰が何の為に植えたのか最早わからぬ貝殻草
笛も毬も節も　何処ぞへあるものか知れぬ
戸が開いている為内までが外である

庭池へ寄つてみると
淵へ
羽根だけは落ちていた

足摺

赤い車で山道をゆく

氏は冷え切つた縁側の窓に指で何かを書いていた
寒暖差がない為
窓に映るのはせいぜいが指紋くらいのことである
土産の饅頭を出すと　氏は喜んだ

　「茶を入れましょう」

台所へ立つと
火の気は絶えてない

枯れた七厘が　水屋の脇にある
蛇口をひねるも
からから　から、と　ひねり切つた

　是乗せてゆけ、具してゆけ

振り向くと
天井から　干からびた蠅取り紙　吊つている

　いかにもかなひ候まじ

車は納屋の前に止めてある
納屋の二階には　開かぬ引き出し
その中にあるものはもう
取り出せまい

　「茶は入りませんでした。」

座敷へ戻ると　氏と饅頭はもう居ない

真ん中に広げた風呂敷がいつまでも畳まれずにそこにあり
窓に跡を求むるも
陽が翳つて
その反射がなかつた

（『唐子木』二〇〇一年私家版）

詩集〈風土記〉全篇

風土記

奥山の
普段はもう　人の住まなくなった家が
がたがた道の突き当たりに　坐している

其処にはしずかな緑池があり
とのさまがえるが　ばけつに一杯とれる
腹の真っ赤ないもりが
かげった底で　じっと眼をあけている

ときには　人びとが　集まる（こともある）
柱時計のない座敷で
誰もが茶をすすっては　去ぬ

それを遠く離れた人は　いつも思っている

知らぬ昔から　ずっと其処に立っている
すすでいぶされた真っ黒い柱が
自ら遠く離れていった人を
何もいわずに　支えている

皐月の煩悶

花弁のうわ向きには斑紋がある
道なりに生垣になった花藪のその奥に
濡れ羽色の髪毛の男が　蜜を吸っている
濃緑の隙から　尖った黒目が突きささる
それを此方からきッ睨み返すも
身動きとれないのが
足元に散らばる吸い殻の花びらである

「いかが咲きませう。」

夜露を好むさつきの花弁には斑紋がある

直幹《ちょっかん》　斜幹《しゃかん》　蟠幹《ばんかん》　双幹《そうかん》
株立《かぶだ》ち　懸崖《けんがい》　根連《ねつら》なり
落枝《おちえだ》　逆枝《さかえだ》　蛙股《かえるまた》
偶数幹《ぐうすうかん》　蛸《たこ》づくり

皐月に丸薬。
治らないやまい治すためのその薬をもとめて
濃い闇のなか
方違えしいしい　越し来たわけであるが

「油かすをください。」

店裏に廻れば
咲き残った皐月の生垣
その根元に散らばっているのが
身動きとれない吸い殻の花びらである

（枯れぬべし
　枯れぬべきにやあらむ）

懐にひそめた重箱の固紐をほどきに谷へ行く
花びらより　ひときわ濃い　おびただしいはんもん
毟り取って　吸われ切った花首らが
足元　一面に敷き詰まっているのを
蹴散らかして踏み行く道々
雨上がれど　足濡る

浦島之盃

蓑亀の毛をべっ甲の櫛で梳かしながら、店主が振り返って挨拶をした。

「新しいのが入りましたよ。」

「どんな？」

敷島は棚に目を向けながら長いあくびをひとつした。

「これですよ。」

蓑亀を棚に戻すと、店主はその脇の段から小さな木箱を取り出した。

「瓜ね。」

敷島はふうんという風に顎を持ち上げて、下目遣いでそれを見た。

＊

浦島は柱の暦を見た
暦は先月のままだった
一昨年の先月のままだった。

ひさしぶりに帰った家で　誰も居ぬ仏間の畳に寝転がる
仏壇の扉は閉まったまま
帰郷の挨拶も碌碌せずに横たわる非礼を心中で詫びて手を合わせる
長旅に疲れ果て　一度倒れ込んではひょっくり起き上がる気力も根も残っていない
そのまま痩せた身体を重たく畳に沈み込めては眠り込む

開け放たれた縁側から
のっそりぬるい風が這入り込む
経机の前を渡り　浦島の裸の足裏を撫ぜって
その脇から床の間へと上がって盆栽の小松をかたか
た鳴らす。
その雷《いかずち》に打たれたよな針葉の天辺からひょいっと壁
へ飛び移り
裏表にして掛かった掛軸をふわりとゆらして裾軸が
奥壁を打つ音が幽かに響く
それを合図に浦島のまどろみの中に一匹の小蛇《へみ》があ
らわれる
小蛇は虹色の細い躰を光らせて
庭に立つ浦島の草履の足元に巻きついた。

「おかえり。あんたのことを待っておったが。その
間にもう七遍も生まれ変わってしもうたが。だが
ゆうてもまだこうしてあんたを待っておったゆう
ことよ。おかえり。ほんによう帰って来んさっ
た。」
浦島は見覚えのない小さな虹色の蛇を見下ろしなが
ら、その紫や青に光る艶を眉間の奥にまぶしく射す
ように感じて目を細めた。
「帰りました――。ですがどちらさんでしたかいな。
ように無沙汰をしたもんで、ほんにすまんことだ
があんたが誰かようわからんのんですが。」
「ええ。ええ。そがあなことはどがあでも。ほいだ
がつまりわしらはあんたを待っておったゆうこと
よ。まあ――この家も、誰んもおらんようなって
しもうて、はあ誰んだり居りんさらんようになっ
てしもうて、さみしゅうなってしもうたことだが。
だがあんたがこうして無事に帰って来てくれんさ
ったで、皆よろこんどりんさろうてえ。――まあ、
ほんなら。」
「ほいなら。」
小蛇は浦島の足元を去り、池の縁の草叢へと消えて
いった。
浦島は小蛇に辞儀をして別れ、夢の中で畳に起き上

がると、
ひとつ大きな伸びをして、床の間の掛軸を横目に見た。
掛軸には　一軒の蓬屋と　たった今まで居たのと同じ庭と池
その池の脇石の上には
古い硯がひとつ　置いてある

＊

「それで?」

「だがこれは、ただの瓜ではないのでね。こうやって――」

「あっ。」

「むん。こうして、二つの盃になるのです。」

「なる程。」

「で、内側に、ほら。」

「あ――。」

＊

庭へおりた浦島は、しばし枯れた池の縁にしゃがみ込んで、古硯を手に取り眺めまわした。


丸い縁にはさざ波のようにめくれた彫り物がほどこしてあり　よくよく見れば、それはいま居る池のかたちと相似であって　波紋の如く見えしものは、雲紋の様にも見えはじめ　そのむらむらのなかに　一匹の亀がのうそりと歩んでおる。

「おう。おう　おう。」

亀を覗き込みつつ　呼びかけても　聞こえないのか亀は一向浦島を顧みぬ。

ふふん――。

浦島は　何ぞしたためん、――と思うも　筆も墨も水もなく、又宛てる先を思いめぐらそうとすれども、誰ひとりとして　その脳裏に顔が浮かばない。

浦島は枯れた池と硯の海を見比べて　硯を池に返すとかわりに地面に指で字を書いた。

〈かへりました。〉

蔓にひとつだけ残った瓜をもぎ　そろそろ墓へ掃除に参らねば――と座敷へ戻ると
墓への道を忘れてしもうた夢を見て　涙がにじんで目が覚めた。

「ね。」

緑色した小さな瓜型の陶器は　真ん中から割れて二つの可盃になった。

内側には土産の箱を脇抱えにした浦島の絵が　鏡写しになって双方に画いてある。

携行して酌み交わす用の盃なのであるが　それを割った際にどちらの盃に中身の小賽が入るかで　様様に遊べるのです、と店主は説いた。

西を向いた浦島の上に載った賽の面には　亀、姫、翁、媼、巻物、小判――の絵があった。

敷島はふうんという顔でしばらくその盃の上で賽を転がしてから

不意に手を止めると

「瓜、ふた、つ――」　とつぶやいた。

＊

考古

みずらを結った男が

向こうの坂から近寄って

私の唇を舐めた

「桃。」

「礫。」

話がかよい

情が通じた

曇天に屈んでいそいそと宿を探す

幾本の濃樹と灰柱を撫で過ぎ

貝殻の埋まった双つの丘を越える

《御休憩　五百圓》

ここだとみずらがうなずく

割れた赤球の下

かすれた腰を巻かれて門を入る

誰も居ぬ廊下に迷路の灯りがともる
眼前にゆたかに上がり下がりする階段を辿り
《三畳の間》
《始祖の間》
《白亜の間》
どれも急いで過ぎ越しながら
みずらが　黒くゆるむ　みずらを解く
その髪油のけぶる匂いに
やまぶきは　ぬれた

「いざなぎ?」
二の句を継ぐ間もなく
闇座に赤い火が　灯っては　吹き割られ
その幾幾を　どの指がつまみ　ねじり伏せたのだったか
入りくんだ藺草の川を　もぐっては　流されて
もう　火の疾うに失せた闇の中
うつぶせの私をあお向けにひきずって

磯打つ崖のふちへ連れて行く
《いまはのきは》（うたげ）

立て札の立つ　もはやどこでもない崖の上
仰ぐ岩の斜めに折り重なるすじ目を数えながら
盛っては掘り返される腹の上に
幾つもこぼれかかる菊石をはらって
どこにもしまうところのない裸の鳩尾のひだに
埋め込んだままその身を折りたたんで
脈脈と立ってはしずまる山の
根穴にうずまる

相柳氏
昆侖山に遊んで帰って来たと言って
無辞氏は卓の下をくぐらせて
何処からも見えない角度でわたしの脇腹を指で突いた。

「ほら　もう一杯呑みなさい。」
うながされて手元の残りを干すと、頭を低く近づけて盃を差し出した
そのお銚子の口くびをかちんと盃のふちにぶつけて
「貴女に似たけだものを山で見ましたよ。」
と片くちびるを上げて氏はくぼんだ盃になみなみと注いだ。

〈けたものは人面女身、りんきおこしてはてんじやう床のことくかけ、
　人を見ればけけとおめきて去ぬ。この股肉を食はゞ千年のとしとらず。〉

「お土産。」

と差し出された袖の下。見ると
桃のかたちをした赤い布張りの小さな箱のおもてに
指爪やたてがみを誇った見たことのない獣の金刺繍がほどこしてある
箱の裏底を見ると、そこだけは印刷された陰陽印の上に、

「類」と墨書されている。

箱の中には、白い薬包がおさまっている。

「類。これが。」

「服みなさい。」

「わたしが。」

「貴女が。」

普段から、
『山海経』をこまかく筆写した紙片を、幾枚も重ね綴じ合わせて持ち歩いている。
ポケットならポケット、なければ懐などには入れるようにし、
いつでもすきに取り出せるようにしておく。
そうして、
昼時になっても食べるものがないようなときなどは
幾たびもそれを取り出してみてはながめた。
〈第一　南山経
　……獣あり。その状狸の如く髦《たれがみ》ありその名は類《るい》。自家生殖しこれ食へば嫉妬《りんき》せず。……〉

「氏は白い竹の節の中を行ったり来たりしていらっしゃいました。見ました。」

「いつ。」

と無辞氏はわざと首をこちらに倒してみて、わたしの顔を斜めに見上げた。

「いつでも。古庭の空池に何度も潜りかえしているところも。」

手酌で聞く氏の銚子に酒がなくなった。

「一万年のひきがえる、千年の蝙蝠。酔ってるね、赤い。」

「赤い。」

店を出ると　酔い覚めの夜の道が続く
師走の境内を突っ切るとき
ぽうと灯る提灯の下で
氏がゆらりとしたものをわたしの首すじにあてた。
「相柳氏。」
身体に鱗を焼きつけた　細青竹細工の青蛇身である。
ひとつの蛇身に九つある人面の首が
にゆうろ、にょうろ、と　くねりとび出す。
「氏は九つの首で九つの山のものを食う。」
「此奴。」
と赤い口でこちらを睨み向いた顔のひとつを
わたしは両手ではさんで無辞氏を見た。
（いくつの首でいくつの山の――。）
「貴女、これであそんでいなさい。僕が居ない時には
――。」
夜は吐く息を白くした。

*

漆黒の闇の中を漕ぎ漕がれていながら
何処かに舟は辿り着くのか
しずかに横たえたい耳元を白い蝶が飛んで粉をまく
ふりかけられたこの背中のすぐ下が
おちおちと
いつ　二つに割れて底をなくするかわからない

*

左の耳から右の耳へ向けて一匹の青蛇が貫いている。

人面獣身。太い手足と尾とを持ち、黒い髪をうしろに垂らしている。
明けた参道へ向かう道なりの
先月末に店を閉めた骨董屋の表看板に
その絵を描いたのは江戸の絵師であり
（この人獣のおん名は。）
などと訊ねてみても　自ずから返事はない。
どこからか少しずつ間違った
けれどそれ以外にないその足で
向こう蹠をかわかして白い砂利道をつきすすむ。
粉薬　竹玩具
もはや代わり身のものには一切用なく
ただ生身のおん身ひとつこそがだいじなれば　と
師走の境内に一番いい油を塗って
つやのいい
女の黒いたてがみを　振って渡る

池袋の女

刃渡り十七糎《センチ》。
天叢雲剣の文鎮に　枕元の半紙引き寄せ　筆を取る。
〈礫降る夜の街を　独り歩きまして御座ります。〉
女は半紙を筒に畳み　せり出す胸の丘をさらしに巻いて
封書を谷に差し込み宿を出た。

椿が咲けば実を膨らまし
種を育みはじけるのみと。
女は頼めぬ男を断ち斬って
汗と油と血と唾《つばき》とで
泥になりたる毛尨《むく》の腹と股《もも》とに赤き文をしたためた。
〈左様なら。——〉
言葉続かず　重たき頭　膝枕外して　肌に衣着て　宿を出づ。

池袋は雨上がり
今ある濡れた大路小路を訪ぬるのみでは

自ずから　路頭に迷ひ　早晩迷子とならざるを得ぬかも
然れば此の叢雲の剣を以て　新たに道を斬って切り拓か
ずば先はなし

さ夜ふけて　宿へ帰れば　うずたかく　積もりし書物の
山に遭難
其処には温《ぬく》き胸も叢もなく　抱くは剣と筆のみで
夜露に濡るる　薄き蒲団に突っ伏して　叫びは口にさる
ぐつわ
嗚咽洩らさず夜明け待ち　朝日のぼれば自ずから
下山の道を見出だして　朝ごと独り　下りて行きなん

十方暮

あまそぎの獅子頭が
雀色時の八衢を行く

「何処へ行くのだったたっけ?」

眉根寄せて　立ち止まる
縺れ髪　指に絡め
毛渦に蜻蛉とまるも　気づかず

提灯借りに行くが先か
黄楊櫛求めに行くが先か
それをまず　下駄に訊く
「日傘　日傘　日傘――」

電話三番。
たばこから　陶器までを　商う店
「つげの櫛、ありますか。」
「あります、耳掻きなら。」

ざんばら髪の上から　穴あかぬ獅子の耳を掻き掻き坂を
下りる
行きと　帰りが　半分ずつ朽ちかけた橋のたもとに出
欄干の　割れた擬宝珠さすりながら
白爪にもらい星幾つ数えて　往来を待つ

山は葉光を刻刻と鈍ませ
訪れぬ木霊も　闇に止む

「けけけけけ。」
誰そ彼の日暮《ひぐらし》に告げを受け
暮れ切る前の山水画に　あらわれる幽霊をさがしに
今はもう　絶えて人の訪れなき道に
埋《うず》もれた標をさぐって
業深い草藪の中を
分けて入りなむ

交接之道

帯代裸にて　汝を待つ
風呂敷に仕舞った文箱の
はしたなくも蓋のひらく心地する床の上
ひきがえるの態にて待てども
固結びの帯紐解けず

夢見手枕　御伽婢子
黒髪垂れて　眼にかかる

千年経る老松
根元に置かれ埋まりし重箱
車前草の根ちぎれ　地下に残る
薬売りが市に遅れて入る
市女の垂衣は　しわをよじらす
千年はようよう
やさしい声音で　耳打ち
撞く鐘　揺れ　響き
うなじ投げ出して　太股にはさむ
千年前も　今も同じ
市女は　中州に立っている

「かげろう　揺れる　しゃくねつの　ざくろ」

千年経る月日もしかり
竹姫の乾きも　干物売りのあくびも

市女の草履の裏のささくれ
土礫を踏みしめ　川に撫ぜらる
平たき　尖れり
鶴の晩飯　二条上る小店
参道は垂直に近き坂
戻らぬ夜火を灯し
すべる肌肉をさらして
蠟に
惑う

竹生島縁起

琵琶のかたちをした御守を　日根はかばんにつけている。
琵琶には小さな覗き窓があり
中を覗くと　白馬に乗って荒波を行く弁才天が
ぞろぞろした着物を着て　琵琶を抱えている。
（また逆さまになっている――。）
日根は電車の中の手持ち無沙汰にしばしばそれを覗いて
は
その度ごとにくるくると向きの変わっている像に
何か不憫のような心持ちがした。

「日根さん、貴女、疲れてるんですよ。頭の芯が。

ゆっくり、休まなきゃ。」

「はい。はい――。」

＊

憧れの琵琶湖畔に早足で辿り着けば船出の笛が鳴る。
ゆたかな濃緑の水をたたえた深色の湖面に虹があらわれ
そのとろんだ秋晴れの水面を　ジェットの波が割って進
む
七人の制服を着た大夫がいつまでも手を振って見送り
船はしぶきを上げながら岸壁を離れる
日根はそれらが過ぎ去った後にそろそろと湖に板切れを
浮かべ
幾度も転覆したのち、ようやくその上に寝そべる。
だんだん岸は遠退き　板切れの上でまどろむ日根を

経正の小舟が抜いて行く
日根はそれを薄目をあけて横目に見ながら
眠りの淵へと落ちて行った――。

経正に遅れること約千年。
ようよう竹生島に辿り着いた日根は
弁才天を拝んだ後で　宝物殿を訪れる。
「天狗がおったんやな　ここ。」
声に見遣れば　順繰り宝物を拝観する背後で
揃いの出で立ちをした中年の男女が話し合う。
彼らの正面硝子の向こうには
《天狗の生爪》が仕舞ってある。
日根の傍らでは　うろこも毛もある大亀が
その背中に大きな宝珠を載せている。
能面、経、撥、礫――、などを拝したのち
日根は殿を辞して　天狗堂を訪れた。

「ただ今出掛けて居り升。」

一人の天狗が入ればいっぱいになりそうな古堂の前に
色の染みた札が立てかけてある。
「どこへ行ってはんねや。」
背後で声がしたと思えば
――やはり　先の男女である。

弁才天、天狗堂、都久夫須麻神社の狩野の画（および社裏の枯葉溜まり）――など、日根は熱心にメモ帳に書き留める。
「ふむ……ふむ……。」
そして　湖を臨む拝殿に上がると　かわらけ投げを申し込む。
《厄除》の文字が真ん中に刻まれた　二枚一組のかわらけを授かり
その一枚には　願い事を
もう一枚には　己の名前をしたためる
《文学成就》
《日根正子》
やがて見晴らしのよい拝殿の際に立ち

湖に突き出た岩に立つ鳥居に向かって　かわらけを投じる
（経正が琵琶を弾いたのもこのあたり——。）
一枚は鳥居の随分手前に
もう一枚は　ひらひらと
岩崖の際すれすれのところにきわどく落ちた。

「よう飛んだ。よう飛ばさはった。」
振り向けば、件の男女が寄り添って　親しげに日根に近寄る。
よく見れば、すわ　鶴の夫婦である。
「撮ってもらわれへん?」
と憧れるように日根の上着のポケットに入る写真機を見て
言うなりたちまち気を付けをするから
日根は快諾、——撮影をした。
「おおきに。これ上げましょ。」
鶴の妻が腰より低く頭を下げて日根に差し出したものは、
白い小袋に入った　弁天様の御守であった。

「あたしら亀やないから　竜宮に連れて行ってあげられへん。」

などと言って　大変篤く感謝の意を述べようとする。

「訳もない。訳もない。」

日根は恐縮しながらもにっこりと微笑んで　臍の前で手を振った。

＊

電車を降りると　日根は高島の叔父の義弟の家を訪れた。
その家の玄関で案内《あない》を請うておるとき
脇台に　木彫りの虎と　白蛇と　金魚の水槽が置いてあり
その水槽の底に沈む竜宮城と真っ赤な太鼓橋を見つめているうち
不意にどこか帰りたいような気がして
泣きそうになった。

下生図

下生すると、弥勒は四つ辻の石に腰をおろした。苔むしたその石の上で半跏の姿勢をとると、腰に下げた煙草入れから煙草を取り出し、火打ち石を打って火を点じた。

弥勒は目を閉じてゆっくりと煙草をふかした。くゆる紫煙はまっすぐに空《くう》に立ちのぼり、弥勒のずっと頭上高くで急に折れ曲がって、風の奥の方へとたなびいていった。眼にはさやかに見えぬほどの、小さな色うすい夕の粒が、段段弥勒の眼前背後の空に、わずかずつしずかに混じりはじめていた。

やがて弥勒が腰を上げると、その腰にぶら下がった煙草入れに蒔いた螺鈿の蜻蛉が青く光った。その濡れ色を輝かす蜻蛉の翅が、摺り足で歩み出す弥勒の腰揺れに応じて七色に変じた。それは刺すような斬るような、甘くうるおったきらめきを放ちて、あとからあとからこぼれ出づる濡光を絶やさなかった。

弥勒が離れた下生の石は、祠も失せ、野ざらしのままの苔地蔵仏であった。かつての大頭は欠け落ち、大柄な頸下の体軀だけが、叢に埋もれて坐っていた。その肌は、もはやとりどりの苔黴や蔦葛におおわれて、かつての角もくぼみも果てた、かたちもなきが如しの朽ち石であった。

その地蔵の鳩尾のあたりを、一匹の小さな這虫が通った。それは、道のない、丈高き苔叢の茂る地蔵の脇腹を横切り、腕をつたって、背中の方へとわたっていった。頸のない地蔵は終始黙ってびくともしなかった。脇では薄の穂がその肩を幾度も撫ぜていた。

小竜墨

正月明けの黒道を　縦列で歩く

「裏白、三跡、〆縄手。」

郷里の土産をすっかり見せ終え

手の甲をかるくすべらせてからの
寒参道であった

「丸くなりましたね　丸くなりました。
とくに　此処らへんが――
（と此処らへんを撫でる）

＊

「にんぎやうのおたきあげはいたしません」

境内の土の上には
ひと組の布団が敷かれ
その中に　男女
時折　交接のような　動きをする

「何。」
「――参宮。」

罰当たりの様らしいのであった
身の汚れの為に　神罰を蒙り
離れられなくなった二人であると云うのであった

＊

「もう帰った方がいいな
「はい（まだ来てはいない。）
「都電はまだ動いている
「（いいえ　足跡が残ります。）

此の体中を這い回る　小さな竜の入れ墨を　探してほしい
（見つかってしまえば　そのまま過去になる　知っている）
前を行く背に
生肌をしずかに割って
時計に触れる

問答

割れ瓦にて

乃の字　乃の字に　墨を磨り
赤き菱形たずさえて
堂におもむき　双六を打つ

雷に打たれし毛虫の子
堂のへりにて　草草に
まみれて　自然《じねん》　腐れし時
朝の勤行　一夜妻
名乗りを上げて　賽を投げ
帯を解きて　舞舞虫
青き白目の　羽衣脱ぎて
夢のまにまに　合わせ技
今宵果つとも　覚悟して
汝《な》にまみえしも　北枕
床の青桐　葡萄の汁を
窪にしぼりて　口移し

吸ふて　吸はれて　蜻蛉の交《とつ》ぎ
幾度も水面に尻打ち付けて

卵産みつけるも　孕むは夢中
時鳥鳴きけり　猷狩りする御殿の御成り
二人同行　白装束と行き違い
道端に大犬《おおいぬ》の陰嚢《ふぐり》　可憐に咲きけるのを
目細めて過ぐる　艶髷の御方
夏の御進物に奉った扇を
一向に用いてもらえぬ女の腰を
夏の井戸の如干上がらせるか　潤ませるかは　亦
御殿の思し召しの膨らみ次第

雨晒しの裏参道を
牛歩にて　境内に上れば
新嘗祭の　衆生も屋台も
びらびら簪さして
満つる気に感じて孕み
十月十日は　既に乳飲み子を胸に抱かす

縁日にも法会にも
独り下駄にて　行きて去になむ

途中　高笑いの起こる《閻浮提の輪投げ》に寄りて
赤烏帽子　青烏帽子　黄烏帽子
それを目がけて縄輪投げれば
無念なる哉　輪は外れ
筵の上　正座の小法師　額突かれて　目玉剝きて卒倒
黒き牛　月夜に照らされ　影となる
悄悄《すごすご》と　白鉢巻の　小具足の出で立ち
うやうやしく　御籤を引きて　巫女に受く

社殿の裏は　金剝げ御堂
墓地には卒塔婆倒れて　飲み屋居並ぶ
赤提灯　ともるうちが華よと　鳥串を
つまみて　一盞かるく干し
金魚釣らずに　亀釣らず
芋に味噌塗り　綿飴舐り
小面被りて　帰りか行きか
神輿の行手と逆道辿り
太鼓音遠退く　耳遡れば
閻浮提の輪投げは外れ

翻って此の首にも輪は投げかけられず
せめて
蟋虫の翅こする音聞かす前には同衾して賜べかし　と
祈るは中秋の名月　紅葉狩の宴は幻
松の浮き寝に手枕しのべど
片敷く朝寒　神無月
石を抱きて淵に入る姫　其の黒髪の
藻になりしを食ふ白犬が
黒犬になりて　犬追物に追はれて　鏑矢刺さる
宿へ帰れば褒美に菓子を
貰うて食うては目つぶり休まる破れ屋根の隙間から
洩れ来る月光見もせずに　眠るその辻ゆく足音の
手元を辿れば　薄紙に　したためられし御籤を握る
赤き爪指以て喉元なぞる　その小具足の　口中幾度も唱
えるは
《戀は術なし》
《戀は術なし》

具足の注文

一、当世具足の時代
書生、御島《みしま》は朝早くから起き出し、朝飯を済ませてからざっと部屋の掃除をし、一息つくと机に向かって先からの論文「具足の……」の下拵えの続きをはじめた。そうして小一時間ほど作業をした後、俄に立ち上がって身支度を整えはじめると、あっという間にさわやかに晴れた陽の下へと出て行った。

御島が向かった先は、日の出から日没まで神社の境内でひらかれる、月に一度の骨董市であった。

二、変わり兜
日崎はその同じ市で、さっきから赤い毛氈の上に乗った春画盃をじっと睨むように眺めていた。

「二千――……、三千――。」

盃の二つ、三つを手に取り　裏を返しては坏に貼られた値札を見て、その度に日崎は無念の顔を顰めては、胸の内で舌を打った。

（手懸、四手、巴取り――。）

後ろ髪を引かれながらも　仕方なくそれらの盃を台に戻し、かわりに既に目を付けておいた古こけしを二本買う。

「あ、れ――。」

とそれらを反古紙にくるんでもらっている間の無沙汰に日崎が向こうに見つけたものは、朱地に白く《八幡大菩薩》と染め抜いたる流れ旗を店先に目印と差す見世棚であった。

そばへ寄ると、そこは《九月》と墨で大書きした白幕を背に張ったる鎧兜屋なり。

日崎は御免下され度――、と小声で言って、日なたと日陰が半半くらいに混じったまだらな木陰の下に並べられた品品を見はじめた。

そうしてたちまち、ある朱い兜に目を留めた。

「誰？　武将。」

「青木。」

店主は白髪まじりの総髪の男。手に取ってみなよと言われて手に取って見る。――うすく錆びがかっているが、悪いものでもない。何かに似ていると思えば、弥生土器を伏せたような尼削ぎ。額のところには　ご丁寧にも眉毛と寄せた皺までが幾条も浮かせてある。

「皺がね。」

「眉間だよ。」

兜のこめかみからは　細く編んだ赤毛の三ッ編みが左右に垂れ
そのささくれた綱道を　一匹の澄んだ小虫が這いよじる。

――はじこうか　はじくまいか
躊躇《まよ》った隙間に　小虫は消えた。

「迷い禁物。」

灰色の総髪の店主が　横目で兜と日崎を見比べる。

「鏡なら其処。」

顎で示され　頸差し向ければ、売り物か否か　古鏡。

おずおずと　兜被りて　ひび割れ鏡を覗き込む
襟にかかる兜の錏《しころ》　鎖骨に触るるちぎれた赤毛――。

「青木に見えないね。朱い。」

「これも青木。」

と店主が我が背の裏から取り出だしたるのが、やはり同じ朱き兜。

「巻き貝？――」

「田螺。」

三、甲冑の着用法

茶屋に入り　青木を脱いで　脇座に置く。

「……第四番　乱髪（乱髪縁塗）

……第十番　臑当――左より先に当てる。……」

壁に貼ってある《一杯で二杯《バイ》（倍）美味しい・甘酒珈琲》を頼み、それを待つ間、先程の店主に貰った紙一枚
――表に甲冑略史、裏には着用次第が刷られている――

を卓に広げて何となしに眺める。

するうち、澄んだ秋の空を窓の外に見上げながら、かつて見たような空の下が思い出される。

――バス通学　帰りの下車はいつも一人きり
否、あるいはもう一人。

「お先に失礼します。」

最後尾の左窓側席

挨拶に行っても、決して返さぬ人だった。

彼は　頭に学生用兜を　そして
瘦せた長身に　寸足らぬ鎧を付けていた――。

「お待ちどお様。」

紺絣の前掛けをした娘が桃色の頰をして運んで来た。カップの真ん中に仕切りがあり、手前から飲むと珈琲、あちら側から飲むと甘酒、となっている。

何故こんな飲み物が――と不思議に思いつつカップに手をかけると、
開け放した入り口から秋色の草摺を着けた御島が手を挙げて大股で入って来て向かいの席に着く。

「何ですか、其奴。」

「朱い田螺だよ。青木の。」

と言って日崎が一旦カップを置いて青木を被って見せると、

「こっちも妙だな。」

と御島は甘酒珈琲を顎でさして少し微笑って見下ろしながら、

「俺も。」と通りがかった店の娘に注文をした。

玉手箱

竜宮から
土産に玉手箱をもらって帰る
「けっして　あけては　なりませぬ。」

日にやけた畳の部屋へもどると
手箱は箪笥の上へあげたまま
卓袱台で茶を淹れて　一人すする
窓の外は休日
何もかわらぬ　景色
に見える

――こつ。　こつ。
午睡のまどろみに戸敲くものありて迎えれば
独居の連休に　故郷がとどく
額づきてただちに箱をあければ
山菜と　米と　手紙が

たちまちぼうと　白くかすんだ
（帰って来る――。
（帰らない――。

手箱の上に時は積もれり
あけてはならぬ蓋をしずめて
振れぬ柱時計の螺子を巻きに立ち上がる
文机の上には反古の山
うずたかく積もるその頂より
はるかにもゆる郷里の山を仰ぎ見て
開け放した二階の窓から
一条しずかに　のろしを上げる

亀甲

朱の卓の上にこぼれた　ぬるい酒で
蕪氏は　幾度も　幾度も
亀甲の紋様をなどった
私は　菊の頭花を戴いて
飲めないお酒でつき合った

「九曜。」
「龍胆。」

蕪氏が先に酔っ払った。

「赤い影法師と　緑の影法師
僕の背中には　どっちが。」
「見えません。どちらも。」
「よく見て。どっちが。」
そう言って　私の方へ背身をのり出す
なまあたたかい香りが首筋からながれ出る
その背後に眼を凝らすと
ぼんやり　紫と白の　煙のような　斑の影が立ちのぼった。
「見えません。何も。」

「駄目かな。——何も居らず、か。」
昔　鳩であったこと
石垣の苔を集めて売り歩いていたこと　などの
まだ　聞いたことのない話を　きく。

「帆懸舟。」

割りばしの袋をていねいにひらいて
折った小さな舟の帆をつかませて
氏は私に眼を閉じさせた

「平氏倒れ候ぬ。」
わざと氏は卓に伏せり　空の瓶子を引き倒して
底にわずか残った酒が卓にこぼれる
「頸をとるにしかじ。」
とて
私は倒れた瓶子の首をとって起こして
蕪氏の　赤い頸根に触れた。

こぼれた酒で
氏は　幾度も　幾度も
亀甲をなどる

巫女としての　勤めの帰り
砂利を踏み　鹿ヶ谷を通って
蕪氏を追う
灯のない道を
亡き人の
もう亡き　其面影をもとめるように

闇の中　黒い鼻緒の千鳥足で
「昔　住んでいた家。」
の前まで辿り着く
モルタルの
灯の消えた　二階の窓を指差して
ざらつくその宅の壁を手の甲でつよくなぞって
足元の側溝の縁に　しゃがみ込む

そのくすんだひろい背を見下すと
くすぶる迷い髪の頭上に
しずかに灯虫の飛ぶ暗い外灯が　ちらついている。

「送って行きますよ。」
うずくまる氏のかすれた影を足が踏む
その頸根に触り　抱えるようにして起こせば
先に立ち上がって行く影が氏の顔の前を通り過ぎる
その影を追い払うようにして分厚い手をもとめ引き寄せ
ると
氏は急にこわい顔をして　私の両肩をつかんで塀に押し
つけた
ぬくみもなく　あたたかくもないその擦りむけた甲に血
をにじませて
無言でただ　睨み合いを続けただけだった

「さようなら。」
のかわりに氏は私に背を向けて
手を挙げて独り闇へ行く

よろめきながら影を追うようにして行くその背を見送る
と
私は辞儀して踵を返す
つかんでも　つかむたびに帆はたくみに舳先になりかわ
る
そのからくりを　うすうす知ってはいても　決して見て
しまわぬように
今宵もかたく目を閉じて　黄色い電車に駆け込み
轟轟と吹く風に　舞い上げられた逆髪を立てたまま
扉の夜窓に亀甲の紋様をつよくなぞって
その空洞をつらぬく深い谷を
下って行く

帰郷

雨露に濡れた軒下の山土を踏んで三和土をあがる
無人の座敷に辞儀して仏前にすすむと
襖縁ににわかにはね出した大蜘蛛が

《おう、よう、お、》
と数足をいそがしく這わせて敷居を退く
赤火を灯らし　白煙をたなびかせて鐘を打つ
薄暗の奥座敷をしばし見遣れば
《床の間の仙人　柱の鹿》
変わらぬ　変わらぬ坐《いま》しを目に溜め
鴨居にならぶ薄墨の微笑に目礼して辞す

山水

瓢簞の中には風が吹いている。
風の中には村があり
その村の奥座敷には
蔓と龍の玉が彫りつけられた鴨居がある。
彫りの透いた部分には　乾いたほおずきが掛けられて
ひるまの提灯みたよな朱い実が　網になった袋の萼から
透いている。
その小さな明かりが照らす襖絵には

金の剝げ落ちた薄墨の竹藪がある
薄暗き竹藪の中には一軒の庵がたたずんで
その軒にぶら下がった瓢簞の中に風が吹き
幾つもぶつかり谷をつたって下りる山水は
今日も正午で屈曲する。

〈……これを『地獄のけんけん跳び』と呼びま　呼び
　呼びます。……昔ここにああった武士たち　武士
たちは、皆この神社の階段を、……段を、その武芸
の……ぶっ武芸の……訓　訓練に……れ練に使い
……いました。……〉

人の居らぬ座敷に　一台の蓄音機が坐《まし》して
幾度も針を飛ばせては　繰り言を　独り言つ
縁側から　その声のおりてゆく庭先に
かすかに礫踏む足音が聞こえ出す
行年三十八歳
紫の鳥を肩にとまらせ

晩年の痩身を着物につつんだ女が
橋をわたり　礫敷き止まぬ坂を上り　果ては下って
庵の庭へ　辿り着く。

「――よう。　――よい。」

たゆたう紫雲の靄の中
門にて呼べども応《いら》へはなく
裏へ廻ると竹藪の
さらに深き茂りに笹葉敷き詰まるその足元を
もう　今は亡き日暮の蟬蛻が
風に吹かれて　女の白いくるぶしへ吹き寄せる。

「梨尻。」
「柿頭。」

女は細い身を屈め　頸傾けて　愛し抜殼にやさしく声を
掛ける。
おのずから
応えられはせぬべき空蟬にかわりて
己で応えて
その小さき破れた背を撫ぜる。

竹藪の小道を戻り　おもてへ出でれば
木の葉騒がぬしずかな陰がある
誰も居らぬ庭の隅の池にて眉を洗い
九にひそむ女の竜を整える
その水面に顔を覗かせるも
薄い影が透けるばかりで
映らない

呼べど　覗けど
還って来はせぬ蟬穴に
目細めて　息を吹く
懐の巾着から
昨晩の飯の汁に食われた貝殻を取り出だし
「じゃが　じゃが。」と云って
幼子が洗って呉れたその小さな二枚貝の片腹で

碧き池の水を掬って
そのくぼみに薄く紅を溶いて
縁先にて
あるばかりひろげし殻腹に
こよびの爪で　経を写す

番《つがい》なる貝殻の
離《か》れてもふたたび逢はんとぞ思ふ
風吹く瓢簞のぶら下がった軒下の
雨垂れ落ちに幾つも出来た浅き小穴に
一片ずつ　貝殻経を埋《うず》めては
青血の浮いた　その白き素手で砂をかけ
ささやき出す竹藪の葉擦れに背を撫ぜられて
稲穂もなき
秋青の澄んだ山の谷の空の下を
振り返らず
くちびるかみしめて
微笑《え》んで
去んだ

歴史の印鑑

植えるあてなき古代の蓮の種子をしのばせ持ち歩く

午前
日出子は炎天下を木陰に避け
その木の根元に背尻を向けて正座した。
《――真菰は敷かぬ。
ならした砂の上に正座をし
その膝前の砂地をさらに丁寧に手でならす。
小石礫撫ぜ退け　砂肌理整えてから　目をつぶる
而して掌、指先を以てその地面をなぞり撫ぜまわし
其処に刻まれ　したためおかれしものを　あらわにせしむ
我は其を忠実に写し奉り　叙するを旨とする者なり。
――》
日出子は我一人《いちにん》、己にのみ了解し得る業を行いはじめた。
　中空の身は舌《ぜっ》に触れ合って音が鳴る

清らなその銅鐸の音響き澄みわたるを胸に吸い
なだらかな丘の谷間の斜面に立つ
《赤き米を育て　赤き酒を醸せよ》
長き日照りのあとの長雨　或るはまたその逆の果てに
泥の中に沈み　泥の中より出づる　古き種子でひらく蓮花の
貴《たか》く短き命咲き誇って散りしのちに残れる蜂巣
湿れる泥の　やがて干上がりて割るるに根立ちて
髑髏《されこうべ》のごとき目鼻耳口のくぼみ　穴と云うその穴につよき種子を宿し　残す　其を崇めては
また恭しく頭を低くして　両手を捧げて　種子を授かる
その枯れ難き茎の根元には　後に長き　行列が続く
午砲《どん》が鳴ったので日出子は一旦昼飯に戻り
肉、海藻、山草、穀類などを摂取し、果物までを堪能して
茶碗を洗うとふたたび先の木陰の座に戻りて続きをはじめた。

「行列には　歴史の印鑑を持ってお並びください。」
文箱　抽斗《ひきだし》　物見櫓――。
歴史の印鑑を求めて　汗かき垂らし探し回るも
容易には見つからず　果ては
もう長いこと開けぬままの押し入れから
鈍く光れる短刀を取り出だす
其を以て靄の這い上る山の頂より転がり出づる岩玉に印を彫り
数多の種子に刻印す

目を閉じていても　見ることは出来る
目を開けていても　見ぬことは出来る
日出子は御八つに呼ばれて茶菓に興じ
涼風を得てから　続きに戻った。

「歴史の印鑑が　発見されました。」

男の中心に　印鑑は勾玉とともに　飾られている
地中深くに埋まり　脈脈と伝えられし歴史の印鑑を
掘り当て
其れを己の首に懸け　誇らしくぶら下げて歩く男《おのこ》
猛きその勾玉は　ふくらみ　嶮しき角度を持つ
白きやわらかな山のふもとに押しあて
緑葉盛り茂らせたその洞の奥の奥まで突き入れる
やがて麗しき音鳴らす銅鐸の中にひそめた朱肉をも
て
歴史の印鑑を　つきまくる
山は鳴り　波は起こり
数千数万の　稲光　雷鳴　轟かす
熱き朱印をつかれた山は
また新しき　歴史を宿す

洞のあとにも行列は続く

「これが歴史の印鑑です。」

日出子は風のわたる木陰の下で　しのばす種子を一粒取
り出した。
そのかたき種子には《戀》とあり
以て地に同じ文字をしたためると
その下深くに
深く埋めた。

（『風土記』二〇〇四年紫陽社刊）

詩集〈虚仮の一念〉全篇

朱雀

小さな獅子頭の口の中に箸を置いて
銀助は手を合わせた

「御馳走様。」

寒寒とした六畳間の卓袱台《ちゃぶだい》の上を片付ける
銀助は洗い物に立って再びつめたくなった両の手を
股の間にはさんで肩をすくめた
（ひとっつもぬくうならん――）
今度は手拭いを襟巻にして　もう一杯茶を入れて
湯呑みを両手で抱えてうずくまった

　昨日の今頃は　上り列車の車窓から
長い　長い　雪景色の絵巻物を眺めていた

その一端の　山に続く急な石段の上の小さな祠の隣
　りに
大きな雪だるまの居るのを見た
一昨日の今頃は
産土神《うぶすながみ》に詣でて　鐘を鳴らし　御籤《みくじ》を引いていた
境内には誰も居なかった

帰りの石段で
銀助は　金助のことを思っていた
そうして
金兜《きんかぶと》・銀兜《ぎんかぶと》のことを思っていた
今はもういない
かつて家で飼っていた鯉だった
〈金兜は金助の分身
　銀兜は銀助の分身〉
金助がいなくなってからは
金兜も　銀兜も
銀助のもとから　離れていった
銀助は

かつてここで　いない金助と遊んだことを思い出し
ていた
そしてまた　新しい年が来たのだと思った
指先がつめたかった

手のひらがすっかり湯呑みの熱でぬくもると
銀助は卓の上に奉書を広げて　筆を取った
そうして暦帖のうしろに書いてある「家事便覧」の頁を
開き
書き初めがわりに　筆写した。

目　録

一、帯　　　　壱筋
一、末広　　　壱対
一、友志良賀　壱台
一、子生婦　　壱台
一、寿留女　　壱台　……

窓の外には

澄み切った青空がひろがっていた

日が暮れはじめて
銀助は家を出た

鎮守のたもとの赤提灯〝朱雀《すざく》〟に入って　店主に年始の
挨拶をする
「これ田舎の。」
「有難う。」
柚子羊羹《ゆずようかん》一本を差し出すと
店主は串を焼く手を前掛けで拭って頂戴する。
銀助は熱燗と砂肝二本を頼んでおいて　奥へ入って座敷
へ上がる

「酉年お目出度う。」
とやがて戸口で大きな挨拶の声が聞こえて銀助が座敷に
身をひねって見遣れば
煙《けぶ》りの向こうで御手洗《みたらし》が銀助を見留めて

「お目出度う。」
と手を挙げた
「早早だね。」
と近寄って来た御手洗に銀助がわざとあきれた風に言え
ば
「互いによ。」
と御手洗は有無なく銀助の相席に着いた

差しつ　差されつ　年始の酔《ゑ》ひが回るうち　銀助は不意
に
「百ねんめ」
と新年の境内の石垣に子どもの字が書いてあったのを思
い出した
「鳳逐鸞飛去《ほうはらんをおうてとびさる》。」
と御手洗が突然　さっき鎮守で引いて来たという御籤の
宣託を読み上げた。
後ろ手を畳について片手で御籤を掲げて赤ら顔で笑う御
手洗を見ながら
自らも懐の財布に入れた御籤をそっと取り出しひらいて
みては
「恋愛　あきらめなさい」
の宣託に　銀助はふたたび苦笑した

追儺

薄青き　澄気の満ちる早朝の広場石に
腰掛けたる一人《いちにん》の男が
その骨張ったくるぶしに備えつけし小枡《こます》より
取り出だしたる豆を　鳩にまく
わらわらと　四方《よも》より集って来たりし土鳩《どばと》の
一、二、三、四、五、――と九羽を数えると
男はゆっくりと立ち上がり
九字を切って　名を付ける
「臨《りん》、兵《ぴょう》、闘《とう》、者《しゃ》、皆《かい》、陣《じん》、列《れつ》、在《ざい》、前《ぜん》！」

指されし九鳩はたちまち飛び去り
ふたたび男は独りになりぬ

　　我は　此処《ここ》
　　鬼は　何処《どこ》

願わくば　誰ぞ此の身に豆打ち付けて
鬼を遣らうては呉れぬかと
額に上げし鬼面を下ろし　空の小枡を携えて
よろよろと歩き出す　そのかすみの向こうに
立つ春の　のどけき光と　萌芽あらまし

桃源行

写経生であった頃
しばしば通ったこの沼べりに
いまにもくずおれそうな
茶屋が立っていた

私は　日がな一日
正座の写経に明け暮れて
それで一日
せいぜいが三十文《もん》かそこら
しかも
よく字を書き間違えて
数行とばしてしまうこともしばしば
結局
幾らにもならなかった
私は　この沼べりの
くずおれそうな茶屋で出す
白酒にいつも
憧れていた
一日三十文かそこら
だから
いつも　憧れていた

しばらくののち

いつの世であったか
巫女の見習いのような者であったとき
私は　ふたたび　この沼に来た
とてもくるしくて
くるしむ胸を掻きむしって
ころげるように
沼の縁に　寝倒れた
すると　私の長い髪のすそが
緑の沼に　這ってゆき
するすると　その水に浸かっては
やがて半分も　水嵩《みずかさ》をへらすと
ようやく息を吹き返して
沼を去った
そのとき　茶屋は
もうなかった

そのあとは
幾度生まれかわっても
やはり経と文字にばかりたずさわって

いつも　いつも
貧窮問答歌であった

そしていまも　また
この沼のへりに来ている
緑の水の嵩はおなじ
私の髪の長さも
けれど
いまは
茶屋がある

傍らに　桃の木が育ち
その影のかかる茶屋で求めると
赤い前掛けをした店主が
いつのものであるのか
古い絵葉書を出してくれた
「白酒の」
と一行したためると
むかしのくせで

あと　何行
と考える
一行十七文字
一帳二十五行のくせで
あと何行　したためることができるのかと

茶屋を出て
沼べりをぐるりとまわって藪奥へ入り
かつてしばしば訪うた
鹿柴《ろくさい》と云う名の仙人の庵を訪ねる

「居りません。」

庵は朽ち果てていた
その湿ったあとに乾ききった木札の文字は
かつて請われて　私が書いたものだった
裏を返すと　ながれた文字が見えなかった
私はしばらくそこに眼を凝らして
「また来べし。」

そうなぞってから　沼を去った

灌仏会

筍《たけのこ》　皮に包んだ握り飯を五つ
うめ、さけ、こぶ、しお、おかか
それに玉子を焼いて
沢庵《たくあん》を添えた手弁当を風呂敷に提げて
よく晴れた明るい日の下
花まつりの寺に　参詣する

道脇の墓地の桜は満開を過ぎ
されどその下に集い宴をひらく人びとも
二階堂は
彼らのにぎわいを眺めつつ
若葉の萌えはじめる今年の桜を頭上に愛でながら
喧噪から少し離れた木陰にひとり　陣を敷く

〈……金輪際《こんりんざい》、《誰かのやうに……》と思ふのはやめよう。此の僕は、他の誰かのやうになどなれつこない。誰かのやうに……と思ふ自体が即刻間違ひなのだ。僕は、僕の通りの人間にしか——さうだ、それでいいのだ。——が、それでいいのだらうか？〉

二階堂は握り飯を食べながら
もう片方の手で
「道しるべ」を読んでいた。
顔や肩に　まだらな木漏れ日を受けながら
文字の上に伏し目を落とす二階堂の視界の脇に
太った雀子《すずめご》らが二羽　ちょん、つん——と跳び来たる。
彼らはそこいらに何かをついばみながら
段段に二階堂のとび出たくるぶしのそばにまでやって来た。

〈雀の子を犬君《いぬき》が逃《に》がしつる、伏籠《ふせご》の中に籠《こ》めたりつるものを〉

二階堂は　まるまるした雀子らに脇目を遣りつつ
女童《めのわらわ》の台詞と
昔　家に出入りしていた
問屋の彪《むく》さんのことを思い出した

「若。」
彪さんは　実家の筆屋に蠟燭《ろうそく》を卸す問屋であった
そうして
跡継ぎとなるはずの二階堂のことを　幼い頃からそう呼んだ
「すずめ。」
二階堂は
彪さんの卸しについて行った境内で
自分が指差したものを
彪さんがさっとその大きな両手の中に籠めて見せてくれたのを
幻のように覚えていた。
「若が旦那になっても——」
と彪さんは言ったが

二階堂は筆屋を継がずに
こんなに離れたところでひとり　花見をしている。
花を見に来て　花をろくろく見もせずに
書きかけの下手な原稿を　幾度も読み返してばかりいる

ふと見遣れば
そばには昨夏のものであるのか
小さな蟬の穴が　まだそのまま地にあいている
二階堂は
膝に落とした小さな飯粒《めしつぶ》のかたまりを
雀子に投げてやろうか　それとも
その穴に転がし入れてみようか
雀の葛籠《つづら》と　鼠浄土《ねずみじょうど》との間で　鞦韆《しゅうせん》をした

陣を払い
ふたたび日の下へ出ると
門前の竹筒屋で
青竹の小筒を求める
境内に進むと

小さな誕生仏に甘茶を灌《そそ》ぎ
竹筒に甘茶を入れて
持ち帰る

家に帰ると　二階堂は
もらった甘茶で墨をすり
「虫」
の一字を書いて
便所に貼った

その夕　訪ねて来た友人にも一枚書いて遣り
夜ふけて
残りの墨で　もう一枚「虫」と書き
〈まじなひです。〉
そう一筆箋に書き添えて
翌朝一番　筆屋に送った

蠑螈

「いもりを見に」
誘うとも　誘われるともなく
山へ向かう　菖蒲の日

早朝の電車から　汽車へと乗り継ぎ
陽の高く照らす頃
晴天の　わびしい駅に　降り立った

〈戀ヶ淵　五〇〇米先〉

黒い帽子をかむり
肩に触る髪すそをかきやりながら
首すじに垂れる汗を光らす　その影を踏みつつ後をつい
　て行けば
やがて黒緑色にわだかまる
暗い池があらわれる

茂る木立の葉を落とす
濃き影も光も吸い込む藻緑の池を覗き込めば
水底に沈む蠑螈《えいげん》が
時折ひらりと水中に泳ぎ出しては
また別の葉の下にもぐり込む
そのいとおしい足やつるりとした背の内側には
真っ赤にたぎる　黒点の腹を抱えている

夢の中で脚を開き
その付け根に茂る藪に向かう
いもりのかたちをした黒あざに
二つの眼玉を描き入れられ
そこにもぐり込まんとするぬめった肌を
白昼よみがえらせては
眼前を行く背を見つめる

池をはなれ
日なたの旧道を歩いて
食堂〈比翼軒《ひよくけん》〉の暖簾《のれん》をくぐる

ひんやりした日陰の店に入れば
ただちにけだもののにおいがまとわりつく
見ると　店の隅にいたちのようなけものが一匹
卓の脚につながれて
空の餌皿に丸めた背をつけて　向こうを向いて眠ってい
る
反対側の奥の卓に席を取れば
他に客のいない店内に
ひっそりと　姿見えぬけだもののにおいだけがただよっ
た

〈赤貝さし　　四五〇円
ぶり照り焼き　四〇〇円
魚がし料理　　六八〇円
ほたて焼　　　四三〇円　……〉

いつぞやの　八幡宮の源平池《げんぺいいけ》の水際で
緑の頬に　日の丸をつけた大亀を

餌もなしに　なつかせている姿を見て
私のそばで　鯉が跳ねたのだった

「冷や奴。」
「天津丼。」

卓上の醤油差しを取るその大きな手は
すぐそばにあるものを　触れられないのは
目の前にいる水底の蠑螈を
つかまえたくとも　つかまえてはならぬことを知るさか
しらと
同じすがたをしたもののありよう

「はなれられなくなりますよ。」

店を出る間際　勘定を済ませるレジの横に
〈恋の黒焼き〉は置いてあり
その　丑の刻に捕らえられた蠑螈を
黒焼きにした粉末を

きっと
互いに　互いの髪に
ふりかけてみるつもりは　ない
はじめから　はなれることは決まっている
はなれられなくなることを　むしろ望まぬ二人の仲が
決してはじまってしまわぬように――と
くるぶしまで浸かったつもりの水際に
ずぶずぶと深く脚を取られながら
今さらもう　手遅れの戯《たわぶ》れごとを
慰めのように　少し思い描きながら
暖簾の後を　黙ってついて行くのだった

田螺の述懐

「タニシの右触角は、陰茎の役割を果たす。」

（六月は三〇日でおしまいです。）

「では、左触角は如何《どう》します。」

（うるう年であろうと、関係がない。）

渡り廊下の掲示板で
その貼り紙を目にしたとき
末尾に添えられた番号に
迷わず　すぐに　電話をした

「道のりは。」

「頭の上。すぐ上。」

なびくように訪ねて行くと
屋上に近いせまい部屋に　小さな水槽をかかえた男が一人
彼はのびた前髪の隙間から
触角をのばすように　私を見た

「聞こえたとおりを記すべし。」
主観をはさまず
その口の動いたとおりを読み取って――

「俺はそれを幼い頃からやっている。」
そう言って彼は
手元の瓶のような水槽から
みずからの手のひらに
田螺《たにし》を一匹
這わせはじめた

「生兵法《なまびょうほう》は大怪我のもと。」
（搦手門《からめて》は裏門です。）

村を出た娘に連れられて　東へ行く旅の途中
高札にかかった告を見て
娘はわたしを手のひらにのせた
こうやって
食べるものがないときなどは
娘のささくれた手のひらの皮を食って飢えをしのいだ
古い戦場《いくさば》のあとを通り
血のきえた水たまりで水をのんだとき

娘の竹筒には水がなかった。
わたしが水をあびて泥にまみれているあいだ
娘は木陰に休んで　ずっと空を見上げていた。

「ここを出る者　また入るべからず。」
（ひろった首帳《くびちょう》はかえしてください。）

村の境をくぐるとき
その入口が出口であることをはじめて知った
注連縄《しめなわ》の下で一礼をして
あとは一度も振り返らずに走って坂を下りた
そうして幾つもの難所を越え
ようやくここにたどり着くまで
一度も村のことを忘れたことはなかった
もう　とうに忘れたと思っていた人のことも
少しも忘れていなかったことを　いつも知った

明け方の夢を引きずる透明な電車にまたがり
けがれでけがれを洗う泥中の雑踏に降り立つ

そこから息つぎをせずに青い百貨店にすべり込むと
やがて慣れぬ手つきで屋上の風に吹かれる

手を振り合い
次第にはなれて行くときも
幾度も絡まり合ったその感触を
「忘れない。」と互いに思うが
「嘘。」
右が交わるそのときも
左は宙をさまよっている

地下に下り
硝子張りの喫茶室の窓際で
外を行き交う人の群を見つめて呼びつづけるくちびるは
水槽の内壁にはりつけたその口を
陰部のように　絶えずうごめかす
田螺の述懐にも似たものであるのか
それならば　いっそこのくちびるは秘めずして
寄せ来るいにしえの応酬に髪を掻き遣り

すずやかにあらわした耳目《じもく》をすまして
いまだ着られぬ錦を着て
その道をもどるための
道を進まん

七夕

竹林にひそむ古龍《こりゅう》のすがたをもとめて
一人の男が
川端の竹藪の中に入っていった

「ごめんください。」

男と入れ違うようにして
蟇《ひき》は上がったばかりの雨の滴のしたたる藪から出ると
ずぶ濡れのままさっき見た男子の姿になって
里の方へ歩いていった

「こんばんは。」
「まだ、昼。昼。」

蟇は坂の途中まで来ると　商店で煙草を買い
ついでに石鹸と酒とつまみも買った。

「止んだね。」
「また降るよ。」

坂の上のバス停を降り
高校の制服を着た女子が一人
重たいかばんを背負って
何やら口にぷつぷつと唱えながら
家路を下る

「Yの背中を見ていると
　私はここにいなくなった。」

その右手には　バスの中から青いペンを持ち
左の手のひらに
時折文字を書きつける
〈七夕は今年も雨
　天の川が増水する。〉

その同じ左手は　十五年後
〈いつもと　違わないように　違わないように
　今日という日を送る。〉
そう書いた手のひらを　そっと握り
「見せて。」
と誰にもひらかれることなく
その手を家に持ち帰り
硯を洗う

女子はふたたび降り出す小雨の中
蟇のとうに去った商店に入り
岩のようなかばんを下ろしながら　店の奥へと進んでいく。

「かえりました。」

丸椅子に着き　夕飯を食べ終え手を合わせると
自室に引き取り
『古龍の帳』の続きをはじめた

「今夜も、雨。雨。」
織姫は　遠い昔のことを思い出していた
「あの人は　いまごろ。」
時間は前にも進むが
後ろにものびる
伸びすぎた髪を
うなじのところで折り返して
頭頂にいまだ髷を残す御仁に
「自分だけが　未来から来たような顔をして。」
と言われそうになることを
たくみに雨を避けるように（しかし一度も避けられずに）
これまで　からくも生きのびて来たのではなかったか

十五年後の硯洗いは
Yと同じ歳になっていた
笹竹もなき夕方の机下にもぐり
足の先に隠す赤い箱の蓋をあける。
『無限爆弾』と名のついた
古い記事を貼りつけ
つのる独白を綴った帳面にまざって
いつか笹の葉に結びそこねた
黄色い短冊の一枚が
二十五年前の寺子屋でかすれた丸をつけられたまんま
眠っていた

その晩　竹藪に古龍は見つからなかった
男は笹竹を少しだけ折り取って
蔓が藪に戻ったころ
そこにはもう　いなかった

盂蘭盆

ゆうれいの乗る舟に乗って
根津は郷里の河原に下りた。
「やっとこさで着いた。」
朝にみやこを発ってから
着いた河原はいつも夜だった。
「しばらく。」
と暗い舟着場の芭蕉を撫で過ぎ
着替えと冊子と彫刻刀の入った頭陀袋《ずだぶくろ》を肩に掛けて
がたがた道をのぼる

「おかえり。」
灯のついた玄関で一礼して
根津は背中に祖霊を引き連れ家に入る。
中に上がると　廊下に線香の香がただよっている
前掛けで手をぬぐいながら出てくる母に　土産を渡して
辞を述べる

（交点が路。石の死活――。）

朝方　ふと目を覚ますと
「にいちゃん」
と隣りの布団で弟が言った
赤子の時の姿を　写真でしか見た覚えのない弟だったが
傍らで眠り続ける弟は　いつしか大人になっていた
「何。」
「おなかすいたよ。」
根津はまだ薄暗い仏間の布団を出
台所から水を一杯汲んでくると　枕元の仏壇に供えた
「最中も食べんさい。」
盆と暮れ
祖霊が帰って来るのと同じころ
こうしてしばらくぶりに帰って来ては
死者と一緒に
仏間に北枕の布団を敷いて　しばし宿る
日中は　焼けつく鉄橋を往復し

夕立のあとには端居《はしい》をして涼をとる
やがて日の暮れる前には碁石をかぞえ
苔むした石段をのぼって　墓参をする

かつて幼なじみのくノ一が教えてくれた
の脇にある水道で水を汲み
「井戸のお墓。」
ぼうふらの湧く花立ての水をこぼしながら
燃え盛る線香の火をなだめすかす
そして最後には
墓裏の無縁仏にも忘れずに供えることを幼いころに習い
「誰《た》そ彼《かれ》。」
などと誰もが互いに言い出すころ
空には太鼓の音が響き出し
灯る磨り硝子の窓には　守宮《やもり》が夕餉に這い出して来る
最後の晩　根津は亡き祖父の名で呼ばれて振り向いた
「そうやって　ぼんやりしているときなどは、とくに。」
まるで生き写しに思えてくると

見知らぬ女が　目をほそめてそう言うのであった

出立の朝　いそいでだんごを食べ終えると
母から半年分のかまぼこの板をもらい
袋に詰めて　玄関に下り立つ
「また帰ります。」
「気いつけて。」

祖霊が朝の光に消えていくように
根津も早朝の汽車に乗ってみやこへのぼる
トンネルに入り　その豆粒ほどの姿がほんとうに見えな
　くなるまで見送る
そして　見えなくなってしまっても　見えなくなったも
　のをまだ見送っている
滔滔《とうとう》と流れる緑の大河に沿いて
たたずむ白鷺《しらさぎ》の姿をまぶしく目に映しながら
「ひろしまで。」
と母が握らせてくれた弁当代を　手の中にひらく

ふるさとは　いつまで待ってくれるのか――。
そう胸で思いながら
根津は袋からかまぼこの板を取り出すと
それに一度ぬかずいてから
鉛筆で黒白の石を描き出した
（完全なる眼がすなわち本眼。二つあれば活。一つなら
　死――。）
父は見送りから帰るとそのまま田の水を見に行き
母は店を開けて前を掃く
稲穂は毎年頭《こうべ》をたれる
盆を過ぎた仏壇には
やがて新米が供えられる

博士と隠密

夕方の蟻地獄を掘りながら
「さらばじゃ。」
と去っていく声に振り返る
立秋をとうに過ぎた山の中で
あたりに響くひぐらしの声だけが　あとに残った背を覆
　う
誰がどこへ去ったのか
裏口にしゃがんだままの青年は
見えない影を　目で追った

盆の夜
旧小学校の　草の生えた校庭で
ひさしぶりに会った幼なじみは
夜陰にまぎれる黒ずくめのすがたをして　遊動円木にす
　わっていた
「隠密？」
黒髪をうしろでひとつまとめにしたその頭には
かつて紫の風呂敷がかぶせてあった
その傍らには青い甚兵衛を着た子どもがいて　夜の土を
　いじっていた
「甥。」
「いくつ？」

「三二――。」

四半世紀前の　卒園の記念集に
〈もくひょう――おおきくなったら、むろまちじだいに
　いく。〉
そう書いていたこのかつての男児に
「なにしに？」
ときいたがそのとき答えは返ってこなかった

「で、行ったの？　室町時代に――」
「否、今は　未だ――」

紫の風呂敷を頭巾《ずきん》にかぶり
首に浴衣の帯をまいて　川からの坂道を疾走する
隠形《おんぎょう》　詭計《きけい》　水遁《すいとん》の術
おりがみで　くる日も　くる日も　手裏剣《しゅりけん》を折り
裁縫を習えば　すぐに端切れで巾着袋を縫って
そこへ色とりどりにつめ込んでは
腰に提げて　持ち歩く

《己を無にすること》
その基本をいつも胸の中に唱えているうちに
いつかほんとうに無になった
自分などはどこにもいない　正体はない
ただこの世の一本の管《くだ》として
水も通せば　石をも転がし
肉も菜も穀も煙も
吸っては吐いて　吐いては吸って
この世とあの世の　世をつなぐ
U字磁石に紐をむすび
それを引きずって田の畦道《あぜみち》を歩きながら
採った砂鉄を細かく分けて　新聞紙に幾つも包み
「煙幕！」
として　巾着袋に手裏剣とともに常に備えて
《人の虚を突き　自らを欺かず》
そう胸の中に呪《しゅ》しながら　紫頭巾を目指していた

室町を通り越し

今は　鎌倉
未だ　鎌倉　と言うべきか——
歴史学を専攻し　土を掘っては　日夜論文を書いている
〈おしべとめしべがむすびつき
　やがて隠密と博士が生まれる——〉

蝙蝠《こうもり》の飛び交う夕方に
生前の　爪と髪しか埋まっていない
その墓に参るのを　日課としている老婆に行き会い
空に渡る寺の鐘を聞きながら　会釈をして通り過ぎる
夏が終われば　秋が来る
だんだんに澄んでゆく山川の空気を吸いながら
暦の勤勉さに感謝をしつつ
かつてどんぐりが背を並べて　すいかの種を飛ばし合っ
　た縁側にすわり
はるか前方に望む畑の方を眺めているると
その土中から　何やらもやもやしたものが　湧き出て来
　る
《人の虚を突き——》

けむりはやがて白い欠片となり　しばらく宙にとどまる
　と
ものすごい勢いで　ふたたび地に突き刺さっては　埋ま
　っていった
《人も　己も　欺かず——》

子どもは夕方の畑のかげで
里芋の葉っぱを傘にさした　雨ふらしの童女を見て
家に帰ると　黙っててるてる坊主をつくりはじめた
「雨をふらせてやるからなッ。」
そう赤い裂け口で言われた言葉を打ち消すように
必死につぎつぎちりがみをまるめ　輪ごむで首をゆわえ
　ただけの
なきがらのような白い坊主を幾つもつくり　畳の上に散
　らばせた
そうして親から叱られても　決して理由を言わなかった
その夜は熱を出してうなされて
朝日がのぼると　けろりとしていた

日照り　闇夜　蛙の人形――
青年はたわいもない連想をつなぎながら
川岸で子どもが何かを採っているのを眺めていた
「一本、もらえませんかね。」
と見知らぬ仙人に声をかけられて
「吸いさしで、よければ。」
と最後の一本を試しに差し出す。
三足《みつあし》の蛙をのせたその肩をすくめて蝦蟇《がま》仙人は煙草を受
　け取り
うまそうに吸いはじめると
背中にまわした画帖を腹の前でひらき
もらった吸いさしを　短くなるまで吸い吸い
目の前にひろがる風景を　その上に写していった――
そう思って傍らから青年がちらとのぞくと
そこには川も河原も橋も何も描かれていない
三足の蛙は仙人の肩をゆっくりと降り
跳ねもせずに　大儀そうに大股で水際まで近づくと
ぽちん、と小さな音を立てて川に入った
「流れる。」

と青年は自分の声を聞いた。
「流れてゆく。」
そう訴えるようにつぶやく自らの声と
水に流れていく三足の蛙のすがたを身に覚えつつ
傍らの仙人をかえりみれば
そこには火の消えた吸い殻だけが　石の間にはさまって
くの字に折れて　絶えていた
《人の虚を突き　誰をも欺かず――》
青年は己の身をよじり身悶えすると
腸《はらわた》の出た吸い殻をていねいにつまみ上げ
大きく伸びをしてから　尻を払って
ゆっくりと河原をあとにした

菊に盃。

懐から銀の盃を取り出して
津川は曾根の宅の縁側で
ご相伴にあずかった

「月見で一杯。」
「菊見で乾杯。」

曾根は縁側の靴脱ぎ石の上に足を置き
美しい妻に運ばせた盆の上から
花札の黒い小箱を取り上げた

「やりますか。」
「やりませう。」

曾根の妻は
別室に引っ込んで
白い便箋に手紙を書いていた。
<拝啓　十五夜のすずしき宵　貴方はいかがお過ごしで
ございましょう。
お酒、お芋、お団子、すすき——。どうかお召し上が
りにいらっしゃいな。
夜が更けてからでも。私、お待ちしております——。>

そう書いて一旦顔を上げて見直すと
何だか背すじが曲がったような文字で気に入らず
一枚めくると　次の紙に　同じことをしたためはじめた。
「おうい。祥子。祥子——」
とそこへ縁側から夫が呼ぶ声がする。
妻はいいところを邪魔されて
ちっ、と小さく舌打ちをして
「はあい、ただ今」と言って立ち上がった。

津川はその日　二百万円という大金を
仕事において取り扱った
見たことも、またさわったこともない金子《きんす》を前に
津川は両目をあいたまま　その場でどこか遠くへ意識が
　飛ぶのを感じていた。

……幼いころ　訪ねてゆくと
叔父はいつも陽当たりのよくない狭い部屋で
立て膝に顔をしかめて煙草をふかしていた
箪笥の上にはガラスケースが置いてあり

中には《交通安全》と大書きされた
黄色いタスキを肩から掛けた　タヌキの剝製が立っていた
「大方、車にはねられたんだろう。」
さんかくの菅笠《すげがさ》を頭にかぶり　徳利《とっくり》を提げて　二本足で立つけだものを振り返っては
叔父はくわえ煙草でそう教えた。
「来い――。やるか。」
そう言って叔父は　傍らから取り出した花札を打ち付けるように床に置くと
よどんだ空気をかき消すように　津川を呼んだ。
……

妻は夫とその友人に
お銚子と肴を追加で運ぶと
ふたたび別室に引き取った
〈月見ればちぢに物こそ悲しけれ我身ひとつの秋にはあらねど――〉
そう便箋にしたためて　ため息をついてペンを置いた。

胸が焦がれるようにくるしい
この身が引きちぎられるように　さびしい――
自分以外には誰も　この思いを知らない　知り得ない
あの人御自身でさえ――

「ところで、団子坂の菊見というやつは、
団子が先でしょうか、菊が先でしょうか――」
「さあ、それは知らんがね――。おうい、おうい――。」
津川は曾根の宅の縁側に腰掛けて
月の面のしみをしみじみと見つめ　やはり叔父の顔を思い出していた
「菊に盃。
目に泪。」
酒をさしつつ　札を繰り繰り　そうつぶやくように叔父は言って
盃の中に人差し指を突っ込むと
指の先に滴る酒を　目の下に垂らしては　赤ら顔の頬をつたわせた

「菊に盃――」
と言って酔ひにまぎれて津川が盃に指を突っ込んだとき
「ちょっと失敬――」と曾根が厠《かわや》へ席を立った
津川は一寸手持ち無沙汰で曾根の白い足裏を見送ると
月に向き直って　酒に浸した指をねぶった
どんな大金がどこをどう立ち回ろうが
一向自分には関係のない話だと津川は思った
一旦きりのついたところで無造作に積み上げられた傍ら
　の黒札の山を見つめ
やがてそれを盃を持たない手でぱらぱらとめくると
中から〈菊に盃〉と〈薄《すすき》に月〉の札とを取り出して
それを名月に掲げて片手拝みをしているところへ
どうしたの――と曾根が戻って来て
また盆の脇にあぐらをかいた

紅葉狩図

〈丸に剣酢漿草《けんかたばみ》の家紋を背負ひ。赤き烏帽子《えぼし》を目深《まぶか》にか
ぶる。胸に叢雲《むらくも》。背に重荷。その名を鹿と申す女子《をなご》は。
緑滴る黒髪を。秋穂とともにぐわつぱと刈りて。ア、無
念無残と身悶え蠢《うごめ》く千万の。その斬り口叫ぶ血汐節《ちしほぶし》。ち
んつ。〱。ちりてつて。つぐみたるかな。否《いな》。ほとば
しる。言葉にならぬ。鈍《にび》色の。血飛沫《しぶき》噴きてあふれたる。
拭きても落つるは赤き泪と。銀の盥《たらひ》に滴り受けて。鬼の
行水。血の池三昧《ざんまい》。赤を愛《め》づるは衆生《しゆじやう》も同じ。錦を飾る
戀山《こひやま》に。有象無象《うぞうむぞう》。我も我もと急ぎてのぼり。幟《のぼり》破れて
山腹で。泣き濡れそぼつ龍田川《たつたがわ》。断《た》つても思ひ切れぬは
女の髪切り。切つた張つたも戀山の賑はひ。ヤレ憎らし
や愛《いと》ほしや。たとひこの髪斬つて捨てても。いづれまた
生《お》ふ。生ふて茂らむ。エ、しやらくさい。口惜《くちを》しい。さ
れど錦秋《きんしう》。戀山の紅葉も。色づきては散り。散りてまた
なほ。清〻しき緑滴らすこそ。返す返すもいみじけれ。
……〉

夕刻に人と別れ
鹿子《かのこ》は夜更けに至りて宿に着いた。

草臥れきって　履物　着物　脱ぎ捨てて
薄き布団になだれ込む
眼《まなこ》閉じれば　たちまち錦の山はにぎわいて
目蓋の裏で紅葉狩

その昔
年年の神無月の長休み
兄は藩校から帰って来ると　好物の干柿を所望した。
年のはなれたその兄が
「お土産。」
といって　安絵巻や絵草紙を買って来てくれるのを
妹はいつも楽しみに待っていた。
秋風の渡る空のもと
開け放たれた軒下に
暖簾のような吊し柿
兄はえくぼの裏に微笑をふくみ
妹は風青き端近《はしぢか》に居て
土産にもらった合戦絵巻をつくづくとうちながめていた。

＊

「もみぢ狩に行かん？」
所は合戦果てし古戦場。一頭の白馬が　青馬に問う。
「行かんよ。」
「なして。」
「なしても。」
「だけえ、なしてや。」
白馬はおのがうつくしきたてがみを秋風になびかせて
しきりに鼻を持ち上げるしぐさでふたたび問うた。
「なしてもゆうたら、なしても。」
「まあそがあゆわんこう。行こうや、なあ？」
理由を知らぬ白馬は　うつむく青馬の尻を鼻先で押し
ぶるぶるっと言いながら　その体軀を撫でる秋の陽光
が　気持ちよくてならぬというふうに　いひん　と
一声　いないた。……

＊

鹿子はもつれた尼削《あまそ》ぎの髪毛のすき間から
襟首に入り込む風のすずしさを
倒れた布団の上で思い出した。
あのころから　絵師になろうときめていた

けれど　あのとき
うつぶく脳天のずっと先にのびる礫道を
ほそ面の子狸が一匹横切っていったことは
ついぞ知り得ぬままだった。

〈……日待ちの粥に根津の蕎麦。おもふことはねことにいふ。尺八ほとのよだれ。たからの山に入りながら。おちむしやすゝきのほにおぢむなしくかへる。酔ひの足元。硯箱。経《きやう》のばら売り。売切御免。紅葉のしがらみ。戦場ヶ原。戀に死にたる古兜。修羅の石引き。髑髏《されかうべ》。武家の煩悩。百八つ。甲《かぶと》の伶人《れいじん》。占師。落髪《おちかみ》惜しみ。愛染祈。閨房。もちつき。枯れすすき。花鳥風月午睡に誘はれ。夜のまなこがさえざえす。……〉

鹿子は音もなく飛沫をあげる滝壺へと落ち込んで行きそうになりながら
その手前でようやく　やっ　と声上げ　身を起こし
鞄の中をまさぐって　今朝届いた封書を一通取り出した。
《誕生日おめでとう。
今年の干柿を送ります。なくなったらまた送ります。
わずかばかり同封のもの、長袖でも買いなさい。
前の山も赤くなりました。元気でやるよう。　母》
鹿子はふたたび布団に突っ伏し泣き出した。

愛の説法

煩悩と
懊悩の日々をかさね
菩提樹の下に立つ

山にゆく　というひとに
「なぜ？」と問えば
「Sの瞑想。」とひとこと残し
ふたたび帰って来なかった

これが　幾度目の今生《こんじょう》であるのかと
こんな春先の日の午後に

ふと　思い起こすのであった
私が　あのひとを
いつまで待っていればよいのかということを
ずっと　忘れたいと思っていた　そのことを
焦がれるように
思い起こしたりもするのであった

鹿野苑《ろくやおん》に　説法を聴きにゆき
帰りに夕食の買い物をして　雨にあう
濡れた前髪を　脇へ掻き遣り
かさつく白い袋を　両手に提げて　天を仰げば
垂れ込めた空の向こうに　墨流しの雲が群をなす

銭苔《ぜにごけ》を拾い集め
《愛の悟り》　と一行書いた
破れた巾着に入れて　多生をくぐる
因果の理法　慕情の時雨
瞑想の絵巻は　暗闇にひろがらず
今宵もまた　錆びた鐘が
うつろを響かす

歴史手帳

朝未き境内の
かすかな揺れの残る鞦韆《ぶらんこ》に
西向く士《さむらい》の抜け殻の褌《ふんどし》　袴《はかま》
それを拾い上げれば
俄に脳裏によみがえる
我知らぬ　連綿たる現身《うつしみ》の記憶

寒《さぶ》さ身に沁む　三の酉
押し合い　圧《へ》し合いの果てに
頭上に降り来る　三本締めの間をくぐり
つまづきながら　境内の隅にまわりて
黄色い酒を酌み交わす
朔日《ついたち》には炬燵《こたつ》が出た——などと　たわいもない話
狭い卓に手足を縮め　その肘のすぐ隣りでは

見知らぬ男が　川魚を食う

「来年の。」
彼は黒い手帳を取り出し
白い頁を繰りはじめる。
〈変体がな　武家職制表　名勝一覧――〉
「ここに。」
と　まだ誰も踏まない雪の上
まっさらな住所録の　最初の欄を　指してうながす
「貴女の。」
突き付けられたペンを逆手に握れば
やがて頁は　事変を予言す

河岸《かし》を変えに
うつろ舟を地表に引きずり
ゆがむ梯子《はしご》をまたいで
道をなくす
四辻で迷い　よろめきながら
暗い路地に　入ってゆく

（くしなだ　うずめ　あまてらす……
　すさのを　ににぎ　さるたひこ……）

「お多福。」
小雨を避け
縄暖簾をくぐりて　鮒《ふな》ずしをつつく
斜めに見上げた神棚では
大きな熊手の真ん中で　白いおかめが艶笑する
「ふう。ふう。」
くずおれる　松の浮き根に　夜半《よわ》は迫りて
黒兎の襟巻に　うずめた首に黒子《ほくろ》を彫り
〈酒盗《しゅとう》　精虫《せいちゅう》　翁草《おきなぐさ》――〉
動く舟にしるし刻めど

何処《いずく》の水面《みなも》に浮くや　藻島に坐《まし》ます
「秘仏の御開帳。」
耳打ちする
やわらかき　貝の舌舐めずりに誘われて
ふらふらと

漕ぎ出だしたる泥の舟
やがて　舟端につけたしるしも　櫂も消え
濡れ身ひとつ
息絶え絶えに　藻掻き藻掻き　這《ほ》う這《ほ》う岸に攀《よ》じ上れば
仰向けに身をひらき　大きな息を吐いて吸ううち
鳥影が障子に映り　何処かより　また
古層の出で座《ま》し

丈高く　罪深く茂れる葦の草叢おし分けて
逢着したるは　赤き石神《しゃくじん》
勇ましく　かなしげに立ち尽くし給えるその御姿を
両手で抱きすくめて　撫で慈しむひとときを
いずれ　必ず去り難き別れ来ると知りながら
されど　此の逢瀬は正しき　他に道なき道なりと
地団駄踏み鳴らし　伏して拳で幾度も御地を叩けば
今は
最早見えぬ沼の底になりぬるかつての地表に
旗に掲げ来りし抜け殻の褌袴を捨てて
時経《ふ》る層の　幾重にも降り積もりしその一重《ひとえ》となるべき

道すがら
またも独り辿り着きたるこの夕暮れ
背後に続く　仄暗き宿にて晩餉をとり
今宵の一盞《いっさん》を干したる膳を脇へ遣り
一日の終わりに灯す火の下
ほね折れし熊手をもて掻き集めし種種《くさぐさ》の木の葉裏に
来し方を綴り　行く末を描いては
ひとひら　ひとひら　火にくべて
冷えた手足を擦り擦りかざし
今年最後の　ひとに　別れん

維新

恋人の
恋人というひとの結婚が決まり
その夜　恋人ははげしく私を抱いた

帰りの電車で

恋人が
いつもよりおおくだまって
気むずかしく　というよりは
明らかに　おこったような顔になり
私の隣で　その半身から
「お前もか」
という　怒りの熱を
伝えて来る

暗く　煙の立ちこめた　店で
恋人の　見た夢の話を　聞く
「あいつが」
と恋人は言ってから
うすい色をした　飲みものを　噛みつくようして　飲み
　下した
「しんでしまっていたよ」。
その晩　私は
つめたい床に　つま先立ち
ゆでたまごを　ゆでそこねて

かなしい気持ちで
風呂に湯をためていた
恋人の　左の耳の付け根の黒子を
その肩にあごをのせるたびに
いつも　ぬすみとるように横目で見ていたのは
誰かが
いつも　そうしていたことであったのかもしれない

恋人の　恋人の話をきくことは
からだのどこかに　穴をあけ
だんだんにそこから　生身が腐っていくのがわかる
毎日　だれかに接して　ときには笑っている私のからだ
は
ほんとうは　どこかが腐っているのです
それを被服でくるんで隠し
朝の満員電車の中では
鞄の底に　小さなミイラをしのばせている。
ひとつしかない枕に恋人の頭をのせて

そのあごの下に頭をはさみこむようにして
あのとき私が見た夢はこうだった
焼き物や　骨董や　お茶などを売る店店が
ある土地の一画に　トタン屋根の軒を並べていて
私はべつの男と
白い犬を眺めていた
「カールか」
と男が言って
私は合点してうなずいた
犬の毛は　白い、というよりは　銀色のように見える
　光沢があり
その長い毛のすそ近くに　黒いふち取りが入って
足元でからだを　一周している
すこし波打つ　ふしぎに巻いた毛並みを指して
「カール」
と男が言ったものと　思い込み
少しもその名のこととは　思わなかった
恋人のほかに　恋人はいない　のに

恋人は
『乳』という題をつけた
おざなりの素描を　私にくれて
それを　唯一無二の　よりどころのようなものとしてい
　る　私を
知らないでいて　すうっと髪などかきあげている
「この野郎。」
と　むかし一緒に観た映画の台詞をしばらくまねて
繰り返し　壁に向かってつぶやく
恋人は　私と一緒にいるとき
ときおり　これとそっくりな
壁になるので

ことばは　あてになりませんね。
私は詩を書かなくなり
かわりに
虚妄ばかりをえがくようになった
それは　恋人のためなのか
私のためなのか　わからない

あのとき　恋人の冷えた向こう側の半身を
「かわいそうに」
とあたためてあげればよかったのに
私はついぞ向こうにまわらず
こちらの岸で　志士となった

虚仮の一念

猫車を押して
何度も　何度も
土を運んでいた
ぬかるんだ雪どけの道に　足をとられ
誰が　こんなところに　穴をなどと
ひそかに　いぶかしがりながら

土は
穴にかぶせるそばから
底をなくしたように　落ちてゆき
深い穴は　そのまま　少しも減ってゆくところがなかっ
た
私は
憤りのようなものと
感謝の念とを
同時に感じてもいたようであった
ここに　何かが埋まっているのか
あるいは　掘り出されたあとなのか
それすら定かではなく
穴を覆う　新たな土を
次はどこから都合して来ようかとも
思案に暮れることだった

私は　こんな作業の合間に
あの人との　逢瀬を重ね
黒い手帳に
付けた印を数えてみてもはじまらない
印はいつでも

閉じられた日付の中で　息をころして　生きては絶えて
　ゆくのだったから
幾度数え直してみても　同じであるはずもなかった

唇や
そのほかの部分を　合わせているときも　いないときも
どこかで　穴は沈んでゆき
私は土運びのことを想っている
しずかに打ち込まれる杭も槌も
受け入れながら　送り出している

ただ
さめざめと　いずれはひとつところへ帰ってゆく身の
いかなる道を　走ってゆこうと　のたうってゆこうと
いささかも　肩ひじなど張らなくてよいのだということ
　を
粘土遊びの途中に
ふと　気づかされたようなのであった
創造することの　不得手な子どもで
つめたく　かたく　油くさい粘土の塊を取り出すと
ひたすら粘土板に打ち付けて
反った板を　うるさく鳴らしてばかりいた
いつもと同じ　円すいの山を築きあげると
斜面をえぐり　くり取ったその土を平たく伸ばして
小さな洞に　扉をあてた

「だるまさんのお家。」

菓子の匙から折り取った
いかめしい顔をした　白いだるまは
ちょうど　身の丈ほどの　狭い洞穴に
しばしの間　端座した
その山を　遠い背中に送り
汽車に乗り　駕籠に乗り　盆に乗って
小さな扉を入り
かつて　だるまが棲んだ　洞の中で
待ち人の訪《おとな》いを　待ちわびている

「すきよ。」
ひとときも　はなれないという格好をして
腕や　脚や　とび出たところを　みなへし折って
どこにも行かさぬように　毛布にくるむ
あの人が　投げた小石は
大きな波紋を　胸にひろげ
忘れたくとも　忘れられない一念を　紋の襞に抱かせて
冷えた薬缶《やかん》から　流れ出ぬものに目を凝らし
とぼとぼと　よろけた足どりで　道を辿る

　穴を掘り　山を築き
　山を崩し　穴を埋める

その繰り返しの中で
小石の沈む　深い鳩尾《みぞおち》の淵に手をあてて
「仕方ないのさ。」
とあの人を慕って　猫車を持ち上げる

「いつまで？」
と問うのはもうよそう
やがてはひとつところへ帰ってゆく
追うように　逃げるように
頼むように　恐れるように
なかなか　穴は　埋まらない
それでも土を運び続け
埋めるための　土を生みに　穴を掘る
だるまの家を　繰り返しつくっていたのは
それのほかに　何もつくることが出来なかったから
頭が五つもある化け物がわらうその隣りで
毛のふさふさとした大頭を　反り返った粘土板の上にも
　たげて
打ち付けた土の響きをおそれながら
いつか自分が
埋められない穴を埋めに　穴を掘り続ける人になろうと
　は
少しも思ってみもしないで
よごれた猫車の傍らに
立っていた

（『虚仮の一念』二〇〇六年思潮社刊）

散文

よたれそつね

かまきりの卵から、薄茶色の小さいかまきりの子どもたちがぞろぞろ出てきた。

それを、子どもたちは見ていた。

子どもたちの中には、わたしがいた。

わたしは、保育所の一室にいて、同じ年の子どもたちと、床に座ってそれを見ていた。

何かの木の枝に産みつけられた卵から出てくると、小さい小さいかまきりの子らはすぐに部屋の床をぞろぞろきびきび、列をなして、庭に面した掃き出し窓の方へと歩いていった。

ピンク色や水色やのプラスチックのコップが、壁際に並んでいる。

かまきりの卵が産みつけられた枝は、いつ、どこから、どういうわけで、そこへ持ってこられたのだったろうか。もともとそこに挿してあった枝へかまきりが卵を産みつけにきたのではなかっただろう。産んだかまきりも生まれたかまきりも知り得ぬいきさつによって、その場所でつぎつぎに子らがかえってきたところを、どういうめぐり合わせか、わたしたちは見ていたのだった。

私は今、わたしたちがいる部屋で、かまきりの子が生まれ出てくるさまと、それを見ている人間の子らを、その背後の、少しはなれたところに立って、見つめている。

私が立っているところからは、少し遠くて、卵から出てくるかまきりの子らをはっきりと見ることはできない。にもかかわらず、生まれ出てきたそのひとりひとり、小さなからだをぴんとさせ、頭を持ち上げ、目をくるっとさせて、いきいき、りんりんと、生まれたてのいのちそのものを体現して、元気よく歩き出していくすがたを、すぐ目の前に、はっきりと見ている。それは、私が、わたしの目を借りて見ているものなのだろう。

そのようにしてかまきりの子らを離れたところから間近に見ている私の方を、私に目を貸してくれているおかっぱ頭のわたしが、床に座り込んだまま、振り返った。

——誰?

わたしは、言葉を発さず、上半身だけ振り返らせて、私をじっと見ている。あるいは、私が今その目を借りて私を見ているのか。判然とせず、実感はずれてまじる。

見つめ合いが続く間にも、かまきりの卵からはまだまだかまきりの子らが生まれ出てきては、床にできた行列に連なってゆく。そうやって、開け放された掃き出し窓の方へ向かっていくのは、同じ卵から順順にかえっていくうちの、誰かが最初にそうしたことであったのか。

卵から出てきた子らは、あのあとどこへ行ったのだろう。かまきりの子も人間の子も、同じ部屋を通って出ていった。それからみな、どうなったのか。そして自分は。

詩というものがあることをわたしが知ったのは、そのころであっただろうか。時間がまざり合っていて、明確な時期と出来事は、はっきりと抜き出せるものではない。けれども、確かにそのころ体得したひとつのリズムは、今でも消えず、からだにしっかりと沁みついている。ある本で見た、一字もあけず、ずらずらと続けて綴られた、呪文のような不思議なひとつらなりのことば。わたしは驚き、何度も目で追い、自分なりに読み方をさがした。その言葉の意味を、区切り目を、そして、一体これは何であるのかを。まだ仕切りのない、混沌とした頭で、自分の持つわずかな言葉や意識や体験や想像を駆使して。

いろはにほへと　ちりぬるをわか　よたれそつね
ならむうゐの　おくやまけふこえて　あさきゆめみ
し　ゑひもせす　ん

詩文は、無数の可能性からその時時にたった一つきり選び取られた、あるいは自ずからそこにあらわれた、言葉や文字の並びから成り立つ。内容は、書かれたそれによって表され、一語一語は、かえのきかぬ、決定的なものとしてありながら、その読み方や解釈は、必ずしも固定されず、一つには限定されない。絶対的な力を潜めつつ、広がりや豊かさをもつ言葉というものの、めでたさ、禍禍しさ、厳粛さ。どこからかきて、行き交い、絶えず入れかわりうごめき続ける生命が出会う情景の一点、一瞬に触れては、言葉でそれと関わろうとしている。その恵みと報い。言葉を畏れ、慕い、思い知りながらも、離れないでいる。行列に連なり、その先の道を、どこまで、どう行けるのか。限りがあり、果てしない。（2013.8.7）

水際の風景

実家のすぐそばには大きな川が流れており、ちょうどそこへ注ぎ込む支流の終わりに、古い石橋が架かっている。

そのとき、橋の上には、ほかの場所よりいっそう強い風が吹いていた。そこだけにとくべつな風が吹いているというよりは、おそらくは、山や沢などにぶつかりながら、どういうしくみか、そこでいきおいを増しているらしかった。

わたしは橋の真ん中で立ち止まると、風に吹き飛ばされそうになる帽子を片手で押さえて、下を流れる川をのぞき込んだ。

猛暑のためにか、川の水は少し減っているように見えた。ここから下に落ちても、おそらく面倒な怪我をするだけで、命を落とすようなことはないだろう。そんな考えを脳裏に浮かべながら、もう一方の手のひらを、ところどころ欠けたりひびの入ったりした石造りの欄干にかけたとき、真昼の陽に灼かれ続けた石の表面が、その熱でわたしの手を払いのけた。

橋の上で、押さえてもなお飛ばされそうになる帽子を、わたしはいっそ脱いで、持って来ていた日傘にかえた。前日に買ったばかりの黒い日傘は、ひらいた途端に、風に大きくあおられて、骨ごと反っくり返ってお猪口になった。

〈はうらいそし〉
〈昭和十年十二月竣功〉

橋を渡りきるとき、親柱に刻まれている文字を読む。石が朽ちて、判読しづらくなっている部分を、指先で払うようにしてなぞりながら、目をほそめたりはなしたりしては、しばし見つめる。まだ読むことができるとわかると、わたしは少し救われたような気持ちになって、橋をあとにして川岸へと続く坂道を下りた。

舟着場には、精霊蝗虫を思わせる、ほそい小舟が二艘、とまっていた。一艘は緑色に塗られ、もう一艘は、もとも と塗ってあった青色の塗料がすっかり剝げ落ちて、赤茶の地色がむき出しになっていた。

二艘の船体をかすかに揺らし、岸辺にさざ波を寄せる川の水に手を浸ける。浅瀬の底には、川蜷がぽつりぽつりと、それぞれにはなれて沈んでいた。

大きな川が屈曲するこの地点に、支流が注ぎ込んでいた。そのためにこの付近には複雑な水流が生まれ、水面には渦を巻くようなさざ波が起こっていた。水の深さや流れの向きは、場所によって異なるように見え、岸から川面を眺めているだけでは、はっきりとは見定められなかった。

あぶないぞ、とわたしはひとりきりの河原で胸に思った。

舟着場から場所を移り、今度は流れに張り出す洲の際にしゃがみ込んで、そこでもまた水を触った。あたためられた水際に沈む小石を手に取ると、ぬるぬるとした表面のぬめりが、その石がもう水中に長く居ることを伝えていた。おれはもうここも長いんだ。ぬめりをまとった石の誰もが、黙ってそう告げていた。

わたしはなるべく平たいものを選びながら、しかしほとんど手当たり次第につぎつぎに河原の石をつかむと、水面を切るようにして続けざまに川に投げ込んだ。

石は大方二度まで跳ねた。

ひとつ、ふたつ。ひとつ、ふたつ。ひとつ。……

ときにはみっつまで跳び跳ねながら、石は水の上を進んでいく。多くは思わぬ角度で手を離れ、意外な方向へ飛んでいった。いつかようやく陸へ上がり、折角この場所にも慣れてきたところだったのに、などという、石のさまざまな事情や環境に、配慮も遠慮もすることなしにずかずかと踏み入っていくことの、罪深さや恐ろしさを身に感じつつ、それでも石を投げ続ける自らの咎は、どれほどのものであるのだろうかと顧みながら、わたしは次の石をつかんでいた。

〈しばしば人は芸術が醜を再現する権利を有するかどうかを問題にします。

(中略)

芸術家にとっては、自然の中に決して醜なものはない。みな美しい。彼は、他の人たちにとって、醜悪であるものを美に変ぜしめる。

なぜといえば美とは、芸術においては、強く表現された真の事に過ぎないからです。ある芸術家が自然の中で眼に映ずるどんな物をでもその真を力強く、深く表現する事に成功したら、その作品は美です。これより外にそれを判断する道はない。

そして、反対に、愚かにも自分の見るところをきれいにしようと努める者、現実の中に認めた醜に仮面をかぶせ、その包含している悲しみを少くしようと望む者、こういう人たちこそ、本当に、芸術における醜に出会します。この醜とは表現力のない事です。彼の頭や彼の手から出て来るものは、観る者に何事も話しかけずまたその魂に何の効果ももたらさないので、無用で醜です。〉

（高村光太郎訳　高田博厚・菊池一雄編『ロダンの言葉抄』岩波文庫）

わたしは隘路に入り込み、どうしてもそこから抜け出せなくなっていた。後ろへ退くこともできず、かといって、前に進むこともできなかった。四方のどこにも、道を見つけることができなかったのだ。からだの内や外には、さまざまな言葉や様相が行き交ったが、それをいつもうまくつかまえることができなかった。何かが映っても、それは嘘や幻であることがしばしばだった。真のこと、ほんとうのところをあらわすのでなければ、それは何の意味も価値もないつまらない作り事に過ぎず、不用であるばかりか、「してはならない」という意味での無用であり、それをあらわし、世に混ぜることは、罪であり害悪であるとさえ感じていた。いまの自分は、真に触れ、それを深く強くあらわすことに、難渋している。

拾い上げた石の近くを、一匹の螻蛄が歩いていた。平たい石ばかりを探すわたしの目には、それ以外に格別なものの見当たらない砂礫の上を、螻蛄は迷いのない足取りで、一直線に突き進んでいく。

その後をついていくと、螻蛄は追われている気になってしまったのか、いつしか逃げるように足をはやめ、やがて何もないところで急に向きを変えると、いま来たところを、まっすぐ一目散に駆け戻って、ごろっとした大きな石の陰に、すばやくもぐり込んだ。

目を転じると、上流の方から、カヌーに乗ったひとたちが、ゆっくりと流れを下って来ていた。少しはなれた川岸では、釣りびとがひとり、ずっと糸を垂れていた。

蠖蛄はすでに石陰で完全に身を隠し果せたつもりになっているらしく、くつろいでさえいるようだった。どこからか、もう一匹べつの蠖蛄が走り出して来て、その石陰に一瞬立ち寄った。

そのとき突風がわたしの背後から襲って、頭から砂塵を吹きかけた。同じ風に背中をおされて、わたしは目をつぶったまま二、三歩前へ進んだが、目を開けてみると、あと少しであやうく水に入りそうな際に立っていた。

水際から下がって、あぶないな、と吹き去った風に抗議するようにつぶやいた自分の声は、どこか少し愉快げなものを含んでいるようにも聞こえた。


（「現代詩手帖」二〇〇七年九月号）

風の成分

猛暑の夏が去り、今は秋風が肌を撫ぜる。

腕に頬にあたる、その音のような温度、圧、流れというべきものが、触れた瞬間、身に伝え、もよおさせる感覚、感懐は、一体何であるのか。言葉を介さず、わずかの接触において、瞬時にこの身におぼえさせる、郷愁にも似たしずかなるもの狂おしさ、懐かしさというものは。

それはすなわち、〈詩〉というほかないものではなかろうか。

空を吹き渡る風そのものが、すでに〈詩〉であるだろうか。あるいは、風が肌にあたって反応を起こし、そこで生じたものが、〈詩〉となるのだろうか。それとも、ひとが風を感じた刹那に、身の内にわき起こるものが、はじめて〈詩〉と呼び得るものになるのであろうか。

大気中に含まれる詩の分量。その占める割合。それらを質量的に感じると、やはり風そのものにも成分として詩は含まれていると思われてくる。その一方ではまた、風に孕む、という現象も、確かにあるものと感ぜられる。

私は窓際に居て、薄いカーテン越しに届くこのころの風に撫ぜられるたびに、このようなことを、言葉にもせず、できもせずに、ただ茫茫と感じては、それが極まりそうになるのをあらかじめ回避するかのように、早早に振り切り逃れることを、繰り返してきたようである。かすかな風を感じた瞬間、襲うように胸をしめ上げてくる強烈ないとおしさとともに、その高まりの対極に掘り込まれる深度を、ほとんど反射的に予測して、両極にひらかれる幅を、自分にはとても消化しきれない、持ちこたえられそうにもないものと思う畏れと懸念によって、すばやく忌避の道をとり、その場を去ろうとするのである。

しかしほんらい、その波の襲来を恐れず、厭わず、避けずに向き合い、事にあたる構えと努力とを怠らぬことが、詩にかかわろうとする者のつとめではないかと思われる。たとえ力及ばず果たし得なくとも、心がけだけは維持するべきであろうと、今さらながら自戒する。

ここへ来ての、この自覚と再認識は、近ごろ読み直した『尾形亀之助全集 増補改訂版』（思潮社）に収録された、「傷ましき月評」（詩神第五巻第七号 昭和四年七月発行）によって、あらためてうながされ、もたらされたものであった。

《私は「詩」を詩と言ひ得ない場合が多い。殊に言葉に言ひ表はす多くの場合は「詩といふもの」と言はなければ十分に言ひ表はせない。言葉を換へて言ふと、いはゆる「詩」とは私にとつて「詩といふもの」なのである。詩がわれわれの知るところの「詩型」によつて発達はしたが、そこから生れたものではないといふことを考へてゐるためであつて、三間も五間も離れて見て活字が判明しなくともその組が「詩型」であることだけで、それを詩であると言はなければならないのを遺憾に思ふからである。》

私が尾形亀之助の詩に出会ったのは、二十代のはじめのころのことだった。

昭和四年（一九二九）に発表された、右の文章を書いたころ、彼はおそらく二十八歳、第二詩集『雨になる朝』を刊行したばかりであっただろうか。出会ったときにはまだいくつも年上だった尾形亀之助が、今はすでに年下のひととなって、しかし私には以前と少しも変わらぬ表情で、ふたたび大事なことを気づかせてくれたように感じている。

《散文にも詩があり得る。小説、戯曲、音楽、建築にも詩はあり得る。そして、いはゆる詩型によつて書かれたものにも詩はあり得る。又、月にも花にも詩があり得る。だから散文にも詩がないこともあり、小説、戯曲、音楽、建築に詩がないこともあつた。そして、詩型によつて書かれたものにも同様である。だが、不幸なことにわれわれは「詩型」によつて書かれてゐるが故にそれを詩と言はなければならないことになつてゐる。もつと不幸なことには詩とはいはゆる詩型のことになつてしまつてゐる。》

これらの主張は、私自身の考えともほとんど重なり合うものであるが、今の私にとって大事であると感じられたことは、ここで彼の述べる詩論に共感や納得をする・しないということよりも、むしろ、このような姿勢で〈詩〉と向き合うといった心の持ちよう、その身内にたくわえ、さらに放出する熱、そしてこの態度と活動を遂行するための、一種の覚悟と勇気をかき立て、呼び起こしてもらったことにある。

ある意味では、引用した主張は素朴ともいえそうなほどの、ごくあたりまえの正論であるかもしれない。しかし私は、彼独特の言い回しと表現の中に、飄飄とした顔つきで、しかし誠実に正確に語ろうとする、ひとりの詩人の真摯な姿を見る。しずかな熱意を内にひそめたこの文章を目で追い、咀嚼し、嚥下するように取り込むうちに、心の洞で消えそうになっていた熾に、どんどんと薪を焼べられるような思いがした。

ここであらためて、〈詩〉と「詩型」について思いを馳せる。

私が思う〈詩〉というものは、やはり「詩型」のことでもなければ、「詩型」に保証されるものでも、証明されるものでもない。

「詩型」には、定型詩、自由詩、散文詩などのいくつかの前例とイメージがあるが、決してそれらだけに限定されるものではなく、一括りにすることもできないものであるはずである。乱暴な言い方を敢えてすれば、〈詩〉は、どのようなかたちをも取り得るものだと思っている。〈詩〉は「要素」であるだろう。風にまざっているような、土に水に含まれているような、あるいは闇や光が醸し出す、雑踏や静寂にひそんでいる、それぞれの中の含有成分、または精髄のことであるだろうと考えている。

　それらの「要素」を、「成分」を、どのようなかたちであらわすか、あるいは、どのようなものの中にそのすがたを見るか、組み合わせや可能性を思えば、ほとんど無限に近く、気が遠くなりそうなほど果てしない。

　それでも、そこにあるもの、あらわそうとする〈詩〉そのものに沿い、従えば、それらひとつひとつのかたちは、おのずから定まってくるものであろう。それらは、かならずそうあるべき必然性をもったかたちで、あるいは最もそれに近いすがたで、あらわされるはずであろう。〈詩〉が、文学作品としての「詩」や小説にとどまらず、音楽や美術、建築や舞踏、その他のあらゆる文化芸術、そして日日の生活にも含まれ、精髄として、また根拠や端緒として、大小の影響を及ぼし、かたちづくりを要請し、育て養うものであることは、もはや疑いようがないことだろう。文化芸術といえば、科学や数学などさまざまな世界においても、〈詩〉は広くその中に存在し、細胞や核となって、活動を育み、司るものであり得る。

　要素としての〈詩〉を追究し、表現することは、言うまでもなく、「詩型」で「詩」を書くひとにだけ許され、もたらされた特権の類ではない。〈詩〉を宿し、〈詩〉に突き動かされる多様な分野、ジャンルがある中で、唯一、〈詩〉と同じ名で呼び習わされる「詩」に関わろうとすることが、どのようなことであるかということを、「詩」を書く上では、常に意識すべきであるだろう。

　成分とかたちの関係は、無関係のものではあり得ず、かならずそれぞれに因果やしかるべき結びつきを備えているはずである。なぜこの要素がこのかたちとしてあらわれるのか、このようにあらわすのか。ほかの方法ではなく、「詩」でこそあらわせること。その内容、あり方について、答えや成果は容易に出せるものではないが、畏れながらも逃げずに向かっていけるようにと願う。

（「現代詩手帖」二〇〇七年十月号）

作品論・詩人論

日和聡子の詩情

荒川洋治

「のんさん」「水色のくま」「投石大臣」「征夷大将軍」「ひさびし君」「くなが会長」「墓見師」「はつきりさん」「ふずいさん」「引辞氏」など奇妙な人・愉快な生き物の登場、「来年の。」「何。」といった品書か看板のような単語の会話、「見ておつた」「想うておる」などのとぼけた文末が、先の見えない自由な世界をつくる。急に針路を変えたりもするので一刻の油断もできない。

「時間は前にも進むが／後ろにものびる」と「七夕」（『虚仮の一念』）にあるが、「戊辰種」（『びるま』）の時間もそのひとつ。

「戊辰戦争にとられた駒を待つておるのだ／頭に椿を飾つて待つておるので／すぐに帰つて来たら／おいしいほうびを／屹度／やります」

「すぐに帰つて来たら」「おいしいほうび」は、それぞれに、戦争のきびしさをとらえたものだが、それ以上のことは藪の中。でも仲間を呼び、秩序を形成した遠い人影がゆらめく。「桃源行」（『虚仮の一念』）では、仙人の庵へ向かう。あいにく留守。そのときのひとこと。

「また来べし。」

澄み切ったことばだが、残像がある。人は終生なにひとつ成就できないという無念の表示か。愛らしいひと声に、物悲しさも漂う。単純な意識の物語ではない。

「すずやかにあらわした耳目《じもく》をすまして／いまだ着られぬ錦を着て／その道をもどるための／道を進まん」は、「田螺の述懐」（『虚仮の一念』）。

「私は猫猿村をよして／別に道を生やかして／そつちの方へ／よじれて行つた」は、「売道」（『びるま』）。

「道を生やかして」とは面白い。いい道、わるい道、高く売れる道などといろいろあるのだろう。この「道を生やかして」も「また来べし。」「道を進まん」も道に関係する。作者は道が好きなのかと思う。人づくりではなく道づくりに、「私」は情熱を示す。

『唐子木』の「水灘」。再度、舟倉さんを目指すと、水もぐらが「ふなくらそん／ふなくらそん／ゐなひ／おしまひ」という。「舟倉さん」が「ふなくらそん」に変わるのも楽しい。名前ひとつも自分以外の世界にはうまく伝わらない。そのことも見えてくるのだろう。

わたしは
用のなくなつた閉じ傘を
道窪の水たまりに突き立てては
灘を起こした

これは、その「水灘」の結びである。次は、『びるま』の「野辺」の結末。

その中にはおそらく
いまだ寝返りを打つたことのない
赤い肉塊も含まれており
それをふいに知ることとなつて
皆でしばし
難儀をした。

「灘を起こした」も「難儀をした。」も相手があるために、ひとしきり道に迷う場面かと思う。「皆でしばし／難儀をした。」のだから、「これは、容易ではない」「どうしたものか」というためいきだ。こんな地点でもぴたり止めること、詩を終えることができるのだ。場面そのものが主題となる。そんな作品が多い。

日和聡子の詩は、人が複数になることをとてもよろこぶという境地をもつ。単純な会話は、内心のよろこびの裏返しである。同時に、他者や周囲の景物に対して注意深くありたいという思いが生じたときは、そこで詩が止まる。先に行けない。書くことが進まないのではない。作者その人が心のなかでこれ以上は進まないとみるからである。「《人の虚を突き　自らを欺かず》」とは「博士と隠密」（『虚仮の一念』）の一節。いつわりのない感情、いつわりのない生きかたをかたときも忘れない。大切にする。楽なことばの詩でなく、つらい心の詩情を選ぶ。その「一念」が、詩を押し開くのだ。これほどに他の多くの人と向きのちがう詩を選び、その詩の色合いを深めていく人は、これまでほとんどいなかったように思う。「馬が来ておる」「握飯を想うておる」「白い箱の底に重ねておる」（以上『唐子木』）というように「おる」という現在形で一節を終えるものもある。「おる」のあとにつづくものが忽然と消えるのだ。でもぼくは「おる」ひとつにも詩というものの興味を感じ、陶然とする。いっぽうで根柢にある感情をとてもすなおなことばで告白する機会もある。季節がめぐるようにしてそれは訪れる。「なるべく眼などは逸らすやうにするのがよいのだ／なるべく何も見ないやうにして歩くのがよいのだ」は、「眼逸ラシ」（『びるま』）。

「埋められない穴を埋めに　穴を掘り続ける人になろうとは／少しも思ってみもしないで／よごれた猫車の傍らに／立っていた」は、「虚仮の一念」（『虚仮の一念』）。「白酒にいつも／憧れていた／一日三十文かそこら／だから／いつも　憧れていた」は、さきほどの「桃源行」の一節である。日がな一日、写経をしても「三十文かそこら」。三十文で買えるか買えないかの白酒に、憧れる気持ち。そんなつましい生き方の「私」。「憧れていた」をかさねる息づかいには、他の、詩を書く人たちとは異なるものが感じとれる。こうしてみると会話も、語尾も、告白も、ひとつの詩、ひとつの詩集全体で表現されるべき感情や生活を担っているのだ。そういう詩がひとつふたつと書かれてきたのだと思う。見たもの、感じたことを書き写すときも精妙で、歪みがない。回想の詩と思われる「花園」（『びるま』）の結び。

とんぼ飛んで　夕暮れ
出会うずっとずうっと前に
ふたりでゐたところを　思い出せます

このような親しみのある平明な一節においても、この他にはないと思われるほどに、ふさわしい表現がつかわれている。正確さ。それはこれまでもこれからも詩の最大の魅力なのではなかろうか。いまそれは、日和聡子の詩のなかにある。

（2013.10.8）

和モノの絵柄

井坂洋子

同時刊行された二冊の詩集『びるま』、『唐子木』を読んだのは十年以上前のことだ。送られてきた封筒を裏返すと、千早という見慣れた住所があった。近くに住む書き手の私家版の詩集は簡素で、そう厚くはなく、好感は持てたが共感にまではいたらなかった。が、『びるま』の幾篇かの寓詩には心惹かれた。発想の出どころが、内田百閒『冥途』あたりなのか、冥途流の面白さがあった。二字熟語のタイトルが多いのも、その影響なのか。

しかし、薄暗くてさみしい印象の百閒の掌篇に対して、日和聡子の短詩はあっけらかんとしていて風通しがよい。また百閒のは夢の情景に似て、追いかけられたりヒヤリとしたり、あげくは泣きだしたりと主体の自意識が鮮明だが、日和聡子の場合はそれをあまり感じなかった。散文と詩という違いのせいもあるだろうが、ことばの選び方や跳ね具合、「のんさん」「ふなばたさん」「はつきりさん」「投石大臣」「墓見師」といった命名の趣向が、何を書くかなどということを飛び越している。それは詩に許されていることでもある。何をどんなふうに書いてもよい、自由に踊っていることばに先導されて、たまたま付いていった先で、思いがけないものにことん、と突き当たることを期待して書かれてもいるのだと思った。その面白さは確かにある、と今回読み返して確かめられた。そことば先導とはいえ、書き手のしっぽがちょろりと出ている寓詩のようなものもある。

タイトルも秀逸な一篇「眼逸ラシ」の前半はこうだ。

なるべく眼などは逸らすやうにするのがよいのだ
なるべく何も見ないやうにして歩くのがよいのだ
あちこち見なくて済むやうにして歩くのが
すなわちそれに越したことはないのだ

そう
松ぽく先生は言つたのであつた

「松ぽく先生」とは、松ぼっくりのことだろうか。人を食っていて、こういうところがやっぱり面白いなと思ったが、〝眼を逸らす〟という処世術を結びの一行で、「私はこれまで生きてきたのでしようかあなた」とちょっとおどけて見せている。シャイなのか生意気なのかわからない。人や物事と関わることが生きている証にはならない、といっているふうにも読めるが、これら詩作品に人生との絡みを読むというようなヤボなことはしないでおくほうがよいだろう。じつに闊達自在にことばを繰って、それら一場の断片が自身を〝逸れて〟どこへ向かっていくのか、作者は興味深げに見送っている印象である。

語彙が豊富で、語りに心得があり、作り巧者である書き手だが、しかしこのままいけるものだろうかと思った。詩はことばとの戯れという面も確かにあるが、書き手自身がその詩の中でどのようなことを成していきたいのか、その詩と書き手との関わり方が読めないと、肩透かしをくらったようで、今ひとつ腑におちない。それは、「私」を晒す、私詩を書くという意味ではない。詩とは、ある程度のテクニックを身に付けていくと、その問題にフタをしたまま、進んではいける。が、暗礁に乗り上げ、破綻してしまう場合が多い（もちろん例外もある）。私自身もいまだ、うまく詩にしがみつけずにいる。日和聡子の第一、第二詩集には、才気の萌芽は見えるものの、まだ腰の据わってない印象を受けた。

しかし、四冊を読み通すと、ことばにもたれかかるのではなく、次第に自分に引きつけて物語っていくようになっているのがわかる。第三、第四詩集では、恣意的で偶発的な仮構の域を脱し、作品との濃密な関わりが顕在化し始めている。

第三詩集『風土記』の一篇、「池袋の女」は、今の心境を時代ものふうな舞台にのせ、文語調で語っている。

池袋は雨上がり
今ある濡れた大路小路を訪ぬるのみでは
自ずから　路頭に迷ひ　早晩迷子とならざるを得ぬかも
然れば此の叢雲の剣を以て　新たに道を斬って切り拓かずば先はなし

書き手としての覚悟が伝わってくる詩だ。「剣と筆」で難事に立ち向かっていく姿と語り口が一体となってい て見惚れる。自分の語るべき詩の鉱脈を探りあてた、といった風情である。

日和聡子の詩には、浦島伝説を取り入れたものがいくつかあり、その一篇、「玉手箱」は、竜宮から帰ってきた主体が玉手箱を「簞笥の上へあげたまま」にしている。開けてはいけないという言い付けを守っているのだ。一方、故郷から箱が送られてきて、そちらのほうは「ただちに」開ける。「額づきて」という表現に、送り主（親）や故郷への思いが凝縮されている。玉手箱と里の箱を対比させたり、重ね合わせたりしているこの一篇の結びはこうだ。

はるかにもゆる郷里の山を仰ぎ見て
開け放した二階の窓から
一条しずかに　のろしを上げる

主体から時を奪うのではなしに、むしろ時を与えてくれる里の箱。その里で過ごした幼少期や思春期を、竜宮での三日間のようなものだったと、暗に語っている。浦島の竜宮は海にあり、主体の竜宮は山にある。柱時計のネジを巻き、自分自身にもネジを巻いて、遠く故郷に意気込みを伝える「のろし」を上げている。この一条の煙もまた、浦島を老人に変貌させた煙とは好対照である。

『虚仮の一念』の「桃源行」という作品は、書き手としての自己検証の詩、といえるかもしれない。生まれ変わり死に変わりしても、「やはり経と文字にばかりたずさわって／いつも　いつも／貧窮問答歌であった」とある。山上憶良の長詩で有名な「貧窮問答歌」のイメージをさらりと差し挟んで、詩に鋲を打つ手際は、この詩人のオハコでもあるが、意識の古層にあるものをわかりやすい形で出してきている。「私」は「私」一代で書くことに苦しんでいるのではなく、何代も同じように此の世に舞い戻り、その業（カルマ）を克服できないでいるというニンシキに共感した。そういうものなのかもしれない。今自分がこうある形は、選んでいるのではなく、選ばされているということなのかもしれない。しかしこの考え方を通すのは、八方からの疑義（に対して）の祓いがいりそうである。日和聡子は、ウンメイというものを直感として捉えて、淡々とそれに殉じている。次の世も、また次の世も、という大きな流れに転がるひとつの小石のようなものとして、我が身を見つめている。

『虚仮の一念』は、お正月や豆蒔き、お花見などの行事や風習を取り入れ、平成の世に蘇らせているが、作者はそこで今風の若い人には縁遠いような挙措動作、心の照りくもりを描き出している。どこまで古風なのか、三十歳前後で書かれた、たとえば「菊に盃。」という詩の渋さはどうだろう。多声音楽的で、人物各々のひめやかな記憶や思いの波動が渦巻いている一場の妙味は、年輩の人間にしか通じないかもしれない。しかし同時にこうも思う。彼女の詩は、時代小説のような一見凝った作りだが、ヒトの涙ならぬ心液の跡をたどっている。望郷の念なり、自立への志なり、遂げられぬ恋なり、多くの人の持っている心の原型が彫琢されていて、どんな読み手の懐にも飛び込んでいくものだ、と。

かつてハンサムウーマンということばがはやったことがあるが、じつに嫋嫋としたますらおぶりの書き手であるなあと感嘆する。

日和さんとはあまりお話したことはないが、出すぎたところのない、初々しい、感じのよいお嬢さんだ。口数少なく、浮世離れした雰囲気なので、どんな生活をしているのかしらと思ったりする。でも、それは詩や小説の書き手としてはちょうどいい神秘的なガードなのかもしれない。その作品からは、生きる方便を思案しているきまじめさがうかがえて、シニカルな見方が抑えられている。「博士と隠密」という詩に、「人の虚を突き　誰をも欺かず」ということばが出てくるが、鋭くはあっても、芯は素朴で平らかなのだ。そんなことばのドリルをひらりと手にして、穴を穿つように日夜努めているのだろう。低空飛行であやうく舵を取っているこちらも何とかやっていこうと思い直す。このようにしか生きられないブンガクの路地でめぐり合い、いずれ大器となる人であり、すれ違うのみの間柄であっても、思わず日和さんありがとうと呟いているのである。

（2013.10.30）

バーナムの森で

稲葉真弓

普段私たちは何気なく、一年三百六十五日の「日常」を何気なく生きているが、しかし自分の足元や指先に、手触りのしっかりした「今日の日常」なるものはあるのだろうか。本当は形あるものはどこにもなく、今日と仮に名づけられた薄闇のなかをあてどなくあるいているのかもしれぬ。

そう考えると、あるのかないのか曖昧模糊とした日常のかわりになるもの（本物の日常がどうしてもみつからないので）を、想像の大地の上に創設し、その鋼鉄だか苔だか枯れ草だかの入り交じった地表をひたひたと歩きつづけてみるしかないのかもしれない。

そんなときの脳裏の中の日常は時系列とは無縁に、わたしたちはどこにだって行ける生き物に成り果てている。どこにだって行けるどころか、どんな生き物になってもお構いなし。だってそこは、仮の場なのだから……

そんなことをしみじみと思ったのは、日和さんの作品に流れる時間の、どこにも境界線のない、そして時系列なんかハナから意識せずに書かれた（あるいはそれをハズスことに過剰な神経が使われたかもしれないのだが）作品群のせいである。

おおむね「詩」には小説のように物語を牽引していく確固たる主人公や彼らが放射する熱、思想などは登場しないことが多いが、なんだか日和さんの「詩」には行間の隅々に主人公らしきだれかがひそんでいるようで、ふっと言葉の背後を覗き込んでしまう。

目次だけを見てもなにものかが潜んでいる気配がするではないか。ざっとあげてみるだけでも、第一詩集『びるま』には「投石大臣」がいて「犬師」がいて「餡夕」が潜んでいる。でそれらの詩を読んでみると、はて、「投石大臣」とはだれのことなのか、いつの時代の話なのか読み手は煙に巻かれる。手紙をよこすものが「投石大臣」らしきことはわかるが四連に登場するもぐらはまた彼の分身だろうか。

「犬師」も不思議な作品だ。三百年生きて滝に身投げしに行く「犬師」が残す言葉が「三回だけ息つぎするが」と短いものだけ。三百年なんぞは、三回の息つぎをするだけであっという間に過ぎるものよと諭されているようでもある。この「犬師」が山吹のコートを着ているという描写がとても面白い。あるいは日和さんは、らんまんとした山吹の花をよく作品に取り入れていた泉鏡花が好きなのかもしれないとも思う。

全体を読んでいくうちに、なんだかマクベスの「バーナムの森」に踏み込んでいくような錯覚を覚える。魔術めいた言葉にからめ捕られ、予言やら遠い過去だかがからみつき、平安・奈良、江戸の世界が万華鏡のように通りすぎて、いったい自分がいまどこにいて、どの時代の人々や風物と向き合っているかさっぱりわからなくなってくる。万華鏡めいた言葉の綾が、次つぎと見せてくる幻影とでも言おうか、日和さんの詩作品には、日常を超えた時間や風景が殷々と流れていて、読むものの立ち位置や視点を根底から揺すぶるのである。

無数の動物が出て来るのも日和作品の特徴だ。それも擬人化され、擬人化されていることを意識させないようにじつに巧みに、まるで毎日顔を合わせる隣人のように登場する。このあたりに日和聡子特有の世界観があって、人間と動物、異界とこの世、過去と現在、あるいは現在と未来、今日と昨日の境界すらもとっぱらわれ、人も蛇も水色のクマも亀も森羅万象がひとつの時空の中で踊っている。

そんな具合だから、日和聡子の詩を読むことは、自分もまた人間ではなくなっていく体験を甘受することであり、またそのことを楽しむ心がないとこの詩世界では遊べない。黒髪の魔女みたいな日和さんはじつは「詩」を書いているのではなくて、失われた具足や兜、茶道具、岸辺、山の稜線、あるいは古い神社の古井戸のにおいなぞをずるずると記憶の中から引っ張り出し、その幻の中で遊びほうけているワラシなのかもしれないのだ。

私は彼女の世界の感触の古風な甘さ、懐かしさにほとほと酔った口だ。酔っていまだに発酵した甘酒の匂いが全身から立ち昇ってくるようだ。そもそも、この詩集に登場する変な人物たちの、ヘンな行い、ヘンな気配、そしてへんちくりんでそっけない消え方の見事さはどうだ。

あっけにとられているうちに詩は終わり、ざわつくバーナムの森の奥に消えている。

例えば『風土記』に登場する「池袋の女」という作品には、間違っても現代の「池袋」なんぞは顔を見せない。筆で手紙を書く艶めかしい女がいる土地は、ほとんど深山の気配。宿で人を待っているらしい女は、来ぬ人が来ぬままに下山し、そのまま消えてしまう。

三冊目の詩集『風土記』を含め『虚仮の一念』には、さまざまな固有名を持った人物が登場するが、その名前のなんと古風でノスタルジックなこと。鯉を飼っていたという金助、銀助を始め、鹿柴という名前の仙人、花まつりの寺に現れる二階堂という男、ゆうれいの載る船に乗って故郷に帰ってきた根津という若者。固有の名前が増えて行くにつれて詩は「物語性」を帯びていく。それが彼岸であれ此岸であれ、無数の生命が蠢き始める気配がある。異界のものたちと人間との、不思議な絡み合いや出会いが『虚仮の一念』ではさらに濃密に展開される。

といっても、ここでもまた、完結する物語は皆無に近い。日和聡子の豊かな言葉の森の中へと解釈なんぞとは無関係に、退場していく。読み手は森羅万象の不思議に酔いつつ、その魔術的空間をさまようことになる。

読み終えて彼女が小説を書き始めたのは「さもあらん」と思った。詩作品に物語への欲求が見え隠れしているからだ。異界への旅を描いた長編小説「螺法四千年記」は野間文芸新人賞を受賞したが、詩では書ききれなかった物語がこの小説には横溢していた。この先、どんな世界を垣間見せてくれるのか、詩といい小説といい、この人の言葉（語り）の世界はまだまだそのすそ野を広げそうだ。

（2013.10.2）

りんご飴、その他

蜂飼耳

ある年の、酉の市。日和聡子さんと新宿の花園神社へ出かけた。縁起物の熊手を扱う店がいくつも並んで、そこかしこから、手締めを打つ音が響いてきた。わた飴、焼きそば、切り山椒、お面。光につつまれた境内の上にひろがる夜空は、がらんとして暗い。

参道に沿って進むと、りんご飴を商う店があった。日和さんは、店の人のそばへすっと寄っていくと訊いた。「りんごは、フジですか、ムツですか」。瞬間、店の人は、えっ、という顔をしてこちらを見た。「さあ、種類までは、わかりません」。その答えに、表情を変えずに小さくうなずくと、日和さんは店から離れた。

真っ赤な飴をかけられてつやつやと光るりんご飴に、どんな種類のりんごが使われているのか、私はそれまで気にしたことはなかった。店の人にも、わからなかったのだ。日和さんと二人で会うのは、確かそのときが初めてだったこともあって、りんご飴の質問は記憶に残っている。

いまはどうかわからないけれど、そのころ、日和さんは、バッグのなかにいつも、小型の虫眼鏡を入れて持ち歩いていた。なにかあると、それを取り出して、植物の断片などをじっと見た。そうして「ほら、ここに、こんな模様が」などといって、私にも見るように勧める。工芸品などに関しても、こまかいところがよく出来ていればいるほど、「こんなところまで、よく」と、日和さんは感心するのだった。

いかなる細部もおざなりにしない、というより、細部こそ気にかける日和さんの姿勢は、それを意識して心がけているというより、すっかり身についたもの、あるいは生来のものではないかと感じることが多かった。そのこまかさ、こまやかさは丁寧さにも通じる。

たとえば、驚いたことなのだが、日和さんは食事の前はもちろんのこと、一杯のお茶やコーヒーに口をつける際にも、必ず、手を合わせる。たまたま目撃したのではない。どんなときも、必ずそうしていて、忘れることはない。習慣といえば、習慣なのかもしれない。けれど、そうしたことの一つ一つが、結局は、日和さんの詩や小説、紡ぎ出される言葉の一つ一つと分かちがたく結びついていることを、私は時が経つにつれてはっきりと知るようになった。

自分にとってものを書く方法とは、とにかく写すことなのだ、と日和さんは幾度か語った。見えるものを写すのだ、と。はっきりと見ている段階がもっとも愉しく、面白くて、それを言葉にする段階では、見ているものと言葉との距離に落胆するばかりだと、語るのだった。日和さんが綴る一行一行、ひと言ひと言は、作者が見ているものをいかに言葉にしていくかという挑戦にほかならない。果てはない、と作者によって自覚されているその途中経過において、奇跡的に結晶する機会を得た事柄が、言葉として、読者の前に置かれている。

見るものを写すには、まず、見なければならない。この段階で、なにかを付け加えることは「してはならないこと」だと日和さんは強調する。こうあってほしい、こうすれば面白くなる、と思う方向へ運ぼうとすることを厭う。それは、曲げることなのだ、という。日和さんにとって、見たものを見たとおりに書くとは、そういう意味なのだ。「それがそういうものとしてあるなら、それはそういうものなのだと思っている」とは、日和さんの根本にある態度だと思う。

こけしをはじめとする郷土玩具などにも関心を抱いている日和さんは、たとえば後継者がいなくて消えていくものについて「哀しいけれど、それはそういうものなのだ」と、じっと見つめる。どうすることもできない物事に対して、多くの場合は、言葉に置き換えることさえ遠慮がちに、じっと受け止める。

言葉に書く、言葉を書くとは、どういうことか、熟慮を重ね、紡ぎ出される作品には、その痕跡が残る。読者は、その痕跡のみずみずしさにはっとさせられ、作品が生まれる過程で通ってきた容易ならざる道を感じ、静かな感動につつまれることになる。日和さんの世界には、なにかとても大事なものがある、と感じることになる。在ることの哀しさを描き、そんななかにぱっとはじける愉快な瞬間を描き、感謝と憧憬、過ぎていく時間を描く。

日和さんの作品には、哀しさやユーモアとともに、ひたひたとひろがっていく安らぎのようなものがある。

いっしょに、東京の青梅のあたりを歩いているときのことだった。あっ、と日和さんは突然、大きな声をあげた。驚いて、どうしたのかと訊ねた。すると、日和さんは「山が、あそこの山が、実家のほうの山に似ている」といって、畑地の向こうに見える緑の山の連なりを指さした。穏やかなかたちの山々を私もともに眺めながら、日和さんの故郷を想像した。そうして、私も、うれしいような、少しさびしいような気持ちになった。

日和さんの故郷は、島根県西部・石見地方だ。大森銀山（石見銀山）も遠くないという。江の川という大きな川がぐっと曲がって流れているあたりに、その町はあるそうだ。私はまだそこを訪れたことはないが、いつか行ってみたい。作品と作者は別だとは思っているけれど、それはそれとして、日和さんという書き手を育んだ土地がどういうところなのか、体験したい気持ちだ。

川もあれば野山もあり、少し行けば海もある、自然が豊かに残る土地。石見神楽という神楽を伝承していると ころでもある。でも、日和さんはこういう表わし方に対しては、いつもたいへん慎重で、観光などで知ることのできる範囲と内実の距離や、さまざまな問題について、控えめに、けれども明確に意見を口にする。たとえば、神楽などに関しても、伝えていくのはとても大変で、難しいことなのだという。なにかを受け継ぎ、引き受け、絶やさないように続けていくことは、そんなに簡単ではないのだ、と。

過疎化の問題や学校の統廃合のことなどについても、日和さんは、ぽつり、ぽつりと語る。そうして、自分が大学生になるときに東京へ出てきたことについて、故郷に対して複雑な思いでいるのだと、話してくれた。書き手としての日和さんの背景には、この葛藤がある。故郷というものに対する思いや考え方は、人それぞれだけれど、日和さんは、生まれ故郷に対してとても深い愛情をもっている。故郷で暮した年月よりも東京に来てからのほうがもう長くなったけれど、それでも、しっくりと来る場所はやはり故郷なのだ、という。

年末とお盆、帰省先からも日和さんは便りをくれる。

郵便受けに、大きめの茶封筒がとどいて、開くと、四角い板わかめだったことがある。日和さんは子どものころ、海へ行くと、泳ぎながら海藻を食べていたそうだ。泳いでいると、目の前にさまざまな種類の海藻の切れ端が漂ってくる。そんな思い出も聞いていたので、板わかめを見て、石見のきれいな海を想像した。

また別のときには、郵便受けにとどいた封筒を開けると、少し厚めの葉っぱが一枚、便箋とともに出てきた。裏面には「ありがとうございました」と、日付とともに書かれていた。それは、タラヨウという文字が書ける木の葉だった。葉っぱの裏に、とがったもので刻むように書くと、黒く文字が浮かび上がる。実家のほうの、池のほとりに生えているタラヨウの葉だと、後で教えてくれた。葉っぱの手紙をもらったのは初めてだったので、驚き、うれしくなった。タラヨウがほとりに生えている池は、静かで、いもりや蛙が棲んでいて、帰省するたびに眺めるのを楽しみにしているのだという。

故郷には、日和さんにとってとても大事な場所がいくつもあることが伝わってくる。それは、日和さんの作品に、さまざまなかたちで出てくる。故郷そのものを描いているのではないにしても、根底にある空気が、どこか故郷に通じるものなのだろう、と思わせる。野山や川、海、あるいは見えないもの、捉えきれないものに対して、じっと手を合わせる気持ちが、日和さんの作品には一貫して流れている気がしてならない。あまり短絡的に書くことは憚られるけれど、近代化によって日本社会が失ったような、ゆかしい部分が、うっすらとでも残っているところなのではないかと、想像する。そんなに簡単なことではないのだ、と日和さんは否定するだろう。外から見てそんなふうに想像されるのは困る、というかもしれない。それでも、私が日和さんの作品と人物から受け取ってきた事柄の、もっとも大切な部分は、そこと繋がりがある、と思っている。というより、切り離しがたいところがあると感じている。

常に遠慮がちで、控えめな日和さんは、人見知りというわけではないにしても、人前に出ることをあまり好まない。あまり外に出ず、幾日でも部屋にこもっていることがあるという。ひっそりとこもって過ごし、自分の目が確かに見たことを、いかに言葉にするか、日々格闘を重ねている。そうして、ときどき会うと、作ったものをくれたりする。日和さんは手先が器用だ。「これ、縫った」といって、渋い縞柄のバッグをくれたことがある。「縫い目がきたないけど」というのだが、見ると、実際にはきれいに縫われている。

また、別のときには、帽子をくれたことがある。なんと、手編みの帽子だ。薄緑色が、部分によって濃くなったり薄くなったりする複雑な色合いの毛糸でできていた。訊くと、執筆の合間に手芸をしているという。縫い目や編み目を見ていると、その一つ一つが、日和さんの綴るひと言ひと言の歩みとも重なってくる。帽子は、とても丁寧に包装されていて、包みの表にはぺたりと、シールが貼ってあった。シールには「れこねえる工房」という手書きの文字。「れこねえる」とはなんのことかと、訊いてみる。日和さんは、ふふ、と笑った。ふと浮かんだ言葉らしい。日和さんの語感は独特だ。

謙虚で寡黙な日和さんだけれど、話しはじめると、声は小さいまま、滔々と語りつづけるときがある。独創的なアイデアや観察を織りまぜて、よどみなく語る。ふだん、それだけ胸に秘めているものが多い人だ。詩や小説に書かれていることはまだごく一部なのだろう、と感じる。日和さんの作品を読んでいると、懐かしさが新さにくるっと変わる瞬間が、繰り返し訪れる。

言葉にすること、言葉を書くことに対するためらいが常に前提としてあり、そこをくぐり抜けては書いていく。日和さんはこれまで忍耐強く、その姿勢を貫いてきた。この先もずっとそうだろう。日和さんの感覚と認識の根底に横たわっているものは、なにかを言葉にすることをめぐる、根本的な畏怖の念にほかならない。だから信頼できる。私はそのように思っている。なぜなら、これは言葉を書く上で、元来、もっとも大切なことであるにもかかわらず、現代、あっさりと見失われがちな点だからだ。比類なきその能力が生み出す、無二の世界。読む者の生命を、ぐっと豊かにする力をもつ書き手。これからも、日和さんの言葉を読んでいきたい。

（2013.9.9）

現代詩文庫 204 日和聡子詩集

発行日・二〇一四年三月三十日
著 者・日和聡子
発行者・小田啓之
発行所・株式会社思潮社
〒162-0842 東京都新宿区市谷砂土原町三―十五
電話〇三（三二六七）八一五三（営業）八一四一（編集）八一四二（FAX）
印刷所・創栄図書印刷株式会社
製本所・創栄図書印刷株式会社
用 紙・王子エフテックス株式会社
ISBN978-4-7837-0982-4 C0392

現代詩文庫最新刊

200
岡井隆詩集
『限られた時のための四十四の機会詩 他』『注解する者』(高見順賞)ほか、一九六二年の実験連作「木曜便り」を全篇収録。半世紀にわたる詩人岡井隆の仕事をはじめて一望する。岡井隆、現代詩文庫二冊同時刊行。解説＝北川透ほか

201
蜂飼耳詩集
第一詩集『いまにもうるおっていく陣地』で二〇〇〇年中原中也賞を受賞。以来この時代の詩を模索し続けてきた新世代の旗手の、今日までの全詩を収める。現代詩文庫新シリーズ刊行開始。解説＝荒川洋治、藤井貞和、田中和生ほか

202
岸田将幸詩集
張りつめた息づかいで一行を刻む繊細強靱な詩魂。高見順賞受賞の『〈孤絶‐角〉』など四詩集を収録し、ゼロ年代を切り開いた詩人の進行形の姿を伝える。現代詩文庫新シリーズ刊行開始。解説＝吉田文憲、瀬尾育生、藤原安紀子ほか

203
中尾太一詩集
『数式に物語を代入しながら何も言わなくなったFに、掲げる詩集』で鮮烈に登場した詩人の、いまを生きる作品群。今日の悲歌がまっすぐに立ちあがる。現代詩文庫新シリーズ刊行開始。解説＝山嵜高裕ほか。往復書簡＝稲川方人

204
日和聡子詩集
懐かしさと新しさと。書くことへの畏れをくぐり、確かな筆致で紡がれる無二の作品世界。中原中也賞受賞『びるま』から『虚仮の一念』まで、既刊四詩集全篇を収める清新な集成版。解説＝荒川洋治、井坂洋子、稲葉真弓、蜂飼耳

205
田原詩集
二つの国の間に宿命を定めた精鋭中国人詩人の日本語詩集を集成。『そうして岸が誕生した』『石の記憶』(H氏賞)全篇ほか、未刊詩篇、中国語詩翻訳などを収める。解説＝谷川俊太郎、白石かずこ、高橋睦郎、小池昌代、阿部公彦